U0126826

詩苑風華——臺灣師範大學教授詩詞叢編

沈秋雄　著

林佳蓉　主編

雲在盦詩集

臺灣學生書局印行

編輯前言

臺灣師範大學自一九四六年成立至今，已行過七十餘年歷史風華。若溯自一九二二年創設臺北高等學校起算，則有近百年歷史。

臺灣日治時期結束後，因培育中等以上師資工作亟待進行，故當時行政長官公署決定於一九四六年籌立「臺灣省立師範學院」，以承擔臺灣教育工作使命，因此設置國文、英語、史地、教育、理化等十餘科系，以培育中等學校師資。一九五五年「臺灣省立師範學院」改制為「臺灣省立師範大學」，分設教育、文學與理學三個學院。一九六七年改稱為「國立臺灣師範大學」，迄今已擴充至十個學院。

學校成立之初，聘任多位大陸來臺之菁英學者教授，以國文系為例，如宗孝忱、張同光、李漁叔、潘重規、高明、許世瑛、林尹、魯實先等；此外，亦聘任臺籍教授，如陳蔡煉昌先生，共同培育莘莘學子。

諸先生博極群書，學殖深厚，專善各自學術領域之餘，又才兼文雅，能章善辭，彼等既是學者，也是詩人，平日喜好賦詩吟詠，填詞唱和，為其生命情志之抒發，亦有時代風雲，山川錦繡之述記。作品或取喻幽微，或意存溫厚；藻思或清麗蘊藉，沖淡自然，或沉雄慷慨，曠達高古，青青蔚蔚，樹一代之詩風。

乙未年夏，一日風和煦煦，展讀汪中先生之《雨盦書札》，書以「汪式小楷」撰寫，書風秀逸清雅，文辭率皆雋永，間有詩詞之作，讀之愛不釋手。理應裒輯汪先生詩詞，傳諸後學，使窺紹濡染先生之才性風雅，詩學門徑，方是可寶可貴之事。而如汪先生之並軌前賢，高才秀骨者，臺師大之教授，又何止一二。且筆者受恩於多位師長教誨，留校任教，采錄蒐羅，實有地利之便，若任其日後散佚無尋，豈非憾事。遂興纂輯《臺灣師範大學教授詩詞叢編》之念，時光倏忽而過，至今已三年有餘。

由於能詩善詞之師長眾多，筆者又是獨力籌畫編纂工作，故無法依照諸先生之年齒先後順序編排，乃從熟識師長之作，或先取得文獻之作編輯。又，編纂之詩集，或有疏漏未善之處，請方家惠予指正。除已經付梓之編，日後猶將陸續蒐輯、刊印他作，以廣詩域學林。

叢書編纂過程中，幸賴多位師長與師長親友提供私藏珍貴文獻，俾叢編內容益加豐實完善，筆者銘心感謝。

書法家鄭善禧先生曾書一軸曰：「讀書得趣是神仙。」拜讀諸先生之作，詩趣多矣，筆者有幸沉浸於諸先生廣瀚之詩海，庶幾乎得觸神仙之衣袖乎？得入神仙之境域乎？

戊戌年葭月林佳蓉寫於國文系八三五研究室

凡例

一、本叢書彙輯臺灣師範大學教授之古典詩詞作品，旨在保存上庠詩人創作之珍貴歷史文獻。

二、本叢書之作者以在臺灣師範大學專任之教師為主，亦含曾兼任於臺灣師範大學之教師。

三、臺灣師範大學於一九四六年稱「臺灣省立師範學院」，至一九五五年起改制為「臺灣省立師範大學」，一九六七年改稱為「國立臺灣師範大學」。本叢書收錄之作者，為一九四六年以後任教於臺灣師範大學之教師，而所收錄之作品則溯及作者任教於臺灣師範大學之前的詩詞作品。

四、本叢書所收錄之詩詞作品來源有：（一）作者已刊印之詩詞集與未刊印之詩詞集、詩詞稿；（二）《文風》、《中華詩學》、《國文學報》等期刊之詩詞作品；（三）作者之師友門生等私人收藏之作品。

五、本叢書之編排次第首列作者簡介；而後羅列詩作、詞作；作者本人或編者所作之注釋，繫於一詩、或一詞之後；或有詩詞評語，則又繫於注釋之後。書後臚列作者舊版書之序、跋、題詞、識語、論詩函等，以保留舊版刊印時之史料文獻。

六、本叢書之詩詞作品編排方式，若據舊版之別集輯錄者，仍循其例，或依創作先後順序編排，或按體裁分類。新編詩詞集、未刊印之詩詞稿、與增補之詩詞作品，則盡量以創作先後順序編排。

七、詩詞作品同題之作有不同版本而差異較大者，則於注釋中做說明。

自敘

詩雖小道，才學相濟，亦復卓然名家。所以李杜蘇黃之作震鑠古今，歷千年而不磨，使宇宙不壞，將抗日月而爭輝。余才既凡庸，腹笥又儉，雖偶有吟哦，藉攄一時情懷，而格韻不高，辭采無取，實不敢以詩人自居，比於騷壇袞袞諸公也。往者有《雲在盦詩稿》之梓行，事出孟浪，由今視之，殆僅堪覆甕而已。乃其後又時有所作，不能自已，明知不能有裨於世，有益於人，而流連景光，師友過從，胸有所積，不吐不快，專以利己，故聊復為之。前所梓行，以雲在盦名稿，故後來所作，以續稿名之。作時不同，體例不免小殊，不復改定。詩既拙惡，稿本不足存。乃佳蓉為保存文獻，欲合正續而刊之，願代負校勘之責，請之不已。不忍拂其意，竟付與之。歲月既淹，哀樂亦異，較其前後，詩境容當有別，賢者自能辨之。丁酉穀雨伯時沈秋雄識於新店之華城山莊。

作者簡介

沈秋雄，字伯時，有「思齊室」、「思齊小築」、「雲在龕」、「讀左草堂」、「課左書屋」、「迎曦堂」等齋館名。一九四一年九月三日生於臺灣臺中縣。一九五九年至一九六一年就讀臺中師範期間，牟宗三先生方在大度山東海大學講學，曾親炙之而與聞緒論，甚受感發，嘗有意治哲學。其後考入臺灣師範大學大學部及研究所，乃轉攻文字學及經學，並於一九七四年以《三國兩晉南北朝春秋左氏學考佚》獲得國家文學博士學位，指導教授為高明及周何兩位先生。其間因才性所近，及受劉太希、李漁叔及汪中諸先生之薰陶，亦兼治詩學，並從事創作。為「停雲詩社」創始會員之一。又曾從江兆申先生兼習書畫。及後留校任教三十餘年，先後講授「左傳」、「詩選及習作」、「訓詁學」、「陶淵明詩專題研究」、「李商隱詩專題研究」、「蘇東坡詩專題研究」、「春秋三傳專題研究」等課程。除在臺師大任專職外，曾在淡江大學兼課，並兩度赴南韓講學，擔任忠南大學交換教授及漢城大學、延世大學、梨花大學兼任教授。著作有《說文解字段注質疑》、《三國兩晉南北朝春秋左氏學考佚》、《王通》、《雲在盦詩稿》、《詩學十論》等。並與陳弘治、林礽乾合編《修身文選》，與王熙元、尤信雄合編《詩府韻粹》，皆行於世。

雲在盦詩集目次

雲在盦詩續稿……………………………………一四一

朱梅詩四章追和實先先師原韻　四首

其一

暖意生腮深淺紅，湖邊小立倚東風。春光惱殺何居士，夢入江南酒肆中。

其二

幽巖絕壑遠繁華，映雪迴風作艷花。一曲艷歌惆悵甚，當年曾住帝王家。

其三

紅顏堅質本冰清，雨夕風朝香愈盈。心事縱橫付玉笛，五更吹徹意難平。

其四

玉照堂前飛墮初，新妝璀璨又成虛。留將貞榦參天立，蟠鬥龍蛇月影疏。

夜過宜魯新居茗話二絕句

其一

小巷幽深到隱樓，迢迢夜氣與高秋。雞蟲得失無窮事，分付茶煙養倦眸。

其二

細竹三竿綠滿前，羨君虛室得晴先。疏簾暫引涼風入，臥讀莊生秋水篇。

秋日遊花東

幾日涼風至，節候忽已秋。輒因授學便，花東成野遊。仄徑舊曾歷，雲山豁雙眸。巖樹凝寒色，溪聲咽還休。絕流蹋澗石，聽蟬入松楸。同來或已厭，玩菊獨遲留。欣趣原多軌，寂寞相與酬。澹然意自足，崇名吾何求。

旅韓雜詩並序　八首

戊午之秋，余以韓國忠南大學暨栗谷研究院之邀，隨侍錦鉉、雨盦二師及張孝裕教授訪韓，會茱原師亦應慶熙大學之請，前往受頒博士學位榮銜，因得同行，洵稱盛事。數日之中，與彼邦諸碩彥相從甚歡，其暇並得快遊漢城、大田、扶餘、公州、大邱、慶州等處。韓國本屬文化舊邦，與我華族源出一系，情誼夙敦，其人皆彬彬古風，其地復饒古蹟。予既親臨摩娑，俛仰古今，慨然多懷；而天高日晶，景物清豪，復增窈眇之思。爰賦成小詩八章，用寫所感。詩固不工，聊以紀歷云爾。

秋風嶺

尋山跨海不須辭，水木清華一眺之。我亦秋風嶺上客，雲心相與共遲遲。

民俗村

荒場古廡沐晴霞，曾住先民百十家。暫把謠歌酬海客，悠悠簫鼓動平沙。

青雲山莊

依山小榭起華筵，溪韻松濤到酒邊。域外風情存古道，憐伊紅袖影翩翩。

百花亭

翼然荒石出江湄，親見新羅百萬師。終遣有情成悵恨，百花亭畔立多時。

顯忠祠

溫容端寂肅清高，功庇三韓異代豪，繞宅湖山青好在，風雲常伴護旌旄。

天馬塚

黃陵幾處立崔嵬，聞道帝魂依碧苔。柏下徘徊飛鳥盡，秋風漠漠逐人來。

鮑石亭

鮑石亭前樹影斜，留明無計最堪嗟。小渠環抱餘枯葉，虛想風流環水涯。

俗離山

我徒行步故超超，遠近青山倘見招。一過俗離塵意改，沙明水碧暮天遙。

甲子元日

歲歷更端感逝波，蟻爭龍戰竟如何。兩間長見干戈滿，四極猶聞涕淚多。春入百花堆錦繡，曉開千竹接清和。未應人世無貞定，湔洗還須挽九河。

題柳原飯牛圖

晴暉漠漠碧羅天，最愛垂楊拂野煙。十里郊原恣坐臥，一春心事入芳妍。西園綠滿猶栽竹，南畝耕餘暫息肩。歸路迎霞山照曜，游絲飛墮百花前。

送西堂兄之南韓講學

娟娟二月暮，西堂遠行時。挾書超北海，聚徒演陶詩。三韓風物別，騁目多可悅。嶺雪兼牡丹，婉轉共佳節。溫顏便相親，村墟數問津。在野禮不失，衣冠古意存。君子幽賞眾，半歲入春夢。歸來把聚頭，為我說唐宋。

過趙氏東溟書院有作即呈鶴山教授

衍派漢陽世幾更，文宗襄烈擅賢名。東溟書院遺碑在，記取當年絃誦聲〔一〕。

【自注】

〔一〕　趙襄烈者鶴山教授之第十八代祖，仕高麗末期，有賢聲。及易代以後，避居不出，專以講學為事，東溟書院即其講學之所也。

銀河

橫天一派燦秋時，深淺世人豈得知。雲雨楚臺虛悵望，何曾宋玉解相思。

雄祥自馬山見過時余方作客儒城

只算寒山尋拾得，一無人處兩人行〔一〕。前修詩句分明在，攜手天涯得此生〔二〕。

【自注】

〔一〕　首二語借用葉損軒詩句。

〔二〕　歲之甲子，余與雄祥棲遲三韓，每一相思，輒數百里命駕。異域寡歡，良友聚晤，情親蓋尤視常時有加。

江陵東海大飯店觀日出

海上湧初日，扶欄立有時。丹霞敷麗彩，白羽媚幽姿。為客愁何在，隨緣欣所之。秋來風景異，北國尚棲遲。

與寅初偕胤錫教授同遊海印寺

千年板槧眼前橫，盛事寰中莫與京。法乳恒沙八萬片，吾取心經一卷行〔一〕。

【自注】

〔一〕　海印寺庋存之大藏經版為高麗朝高宗二十四年所開雕，時當西元一二三七年，距今蓋近千年矣。版木共八一一三七枚，凡收佛經一四九五種，都六五六六卷，及補遺十五種，二三六卷。為目前最古最全之藏經板槧。

與淳孝寅初同遊雞龍山東鶴寺

雞龍攜手得深行，爾汝異邦三弟兄〔一〕。法殿莊嚴秋日靜，瞻依真覺一身輕。

【自注】

〔一〕　淳孝、寅初與余三人嘗約為兄弟，余為伯，淳孝小余數十日，為仲；寅初為季。

甲子秋與鶴來妙仙等忠南諸生重遊扶餘古都率賦並柬呈天成雨盦二師二首

其一

殷勤訪古到扶餘，可是虯髯開國初。智積斷碑殘字在，猶存剛樸六朝書〔一〕。

【自注】

〔一〕砂宅智積堂塔斷碑於西元一九四八年在扶餘宮北里扶蘇山下發見，據考定為百濟義慈王十四年所建，時當西元六五四年。碑文殘留四行，都五十六字。書體剛勁樸拙，頗與二爨氣息相近。

其二

白馬江寒樹影稀，落花巖上夕陽遲。歸來躑躅岡頭路，絕憶他年參乘時〔一〕。

【自注】

〔一〕落花巖在扶餘白馬江畔，西元六六〇年，新羅與大唐聯軍進攻百濟，國將破滅。百濟王之後宮佳麗三千人皆由此巖躍入江中自沈以殉，故名。余以一九七八年嘗追陪天成、雨盦二師到此一遊，今番重來，蓋二度劉郎矣。

附和作

次韵伯時甲子秋遊扶餘詩二首　汪中

其一

斷碑字勢六朝書，莊老聲華東渡初。今日神州勞北望，故家㧞淚盡焚書。

其二

高柳儒城樹影稀，雲回水去意遲遲。人生何事輕離別，絕憶長歌卮酒時。

甲子歲余于役三韓坤堯兄自香江投贈以詩拜嘉之餘遂步其韻並柬戎庵詞丈臺北　二首

其一

單車從遠聘，風雨滿東遼〔一〕。縱賞庭前舞〔二〕。漫吟海上謠〔三〕。有江皆柳護，無嶂不楓燒。景物真奇絕，不知行路遙。

【自注】

〔一〕　余以九月一日抵漢城，適值此間豪雨成災，為十餘年來所未有。又余於是邦相知頗眾。

〔二〕余以十月五日首次寓賞忠大學生所演假面之舞，傍晚於學生會館前校園廣場為之，日沒繼以庭燎，迄九時乃止。其舞觀者圈地而坐，舞者十許人，或一人出場，或二三人不等，輪番更替。舞者皆著古裝，戴面具。舞時迴旋跳擲，奮袖低昂，悉中節度。餘人擊節，有和聲。聞諸此邦友人，古昔高麗上層階級有文、武兩班，頗作威福，百姓內懷憤懣，而莫可如何，故作假面之舞以攄其不平，舞者刺譏之意皆在兩班也。故假面之舞蓋出於下層階級，今時學生亦時復藉之以諷刺當道，以和聲引發觀者激情，故假面之舞往往繼之以示威云。按中國古代亦有代面舞，出於北齊，寫蘭陵王元長恭戴假面入戰陣指揮擊刺之狀，事載《舊唐書・音樂志》及段安節《樂府雜錄》。疑是邦之假面舞即自中原傳入，特稍變其內容耳。

〔三〕余棲遲此間，實隔重海。又余為諸生講授玉谿生詩，玉谿生有《海上謠》之作。

其二

天命歸周室，殷箕浮海行。衣冠存舊典，錦漢作新京〔一〕。都講商詩義，索居思友生。
相期萬里外，歲晚會蓬瀛。

【自注】

〔一〕南韓有錦江及漢江，今其國府漢城即在漢江之濱。

附原作

秋日寄秋雄兄韓國　黃坤堯

其一

箕子佯狂去，車書漸渡遼。上庠傳禮義，郊野訪歌謠。四國烽煙靖，三川楓樹燒。山河連漢地，歸夢故鄉遙。

其二

我有訪古意，沖天萬里行。樓船浮渤海，汗馬駐松京。滿酌松醪醉，悲歌百感生。香江怨遲暮，買棹卜蓬瀛。

栗谷先生四百周年忌演講會口占即呈座上諸君子

濟濟斯堂內，懷賢欽古風。殊流朝大海，此理此心同〔一〕。

【自注】

〔一〕　栗谷與退溪並為海東大儒，二人論理氣離合雖頗有異同，而皆衍我宋程朱之緒則一。按理氣二者，依朱子之說，本屬不離不雜。栗谷之說，蓋偏重其不離一面；退溪之說，則偏重其不雜一面，立言雖殊，實可觀其會通也。

大關嶺申師任堂思親詩碑落成觀禮

江山爽氣古無前，海韻松濤共一天。純孝歌辭今勒石，摩挲欽挹此流連〔一〕。

【自注】

〔一〕　申師任堂者栗谷之母氏也，賢慧多才，詩書畫皆精，此所勒石者即其思親詩，詩云：「慈親鶴髮在臨瀛，身向長安獨去情。回首北村時一望，白雲飛下暮山青。」

秋日與鶴山鶴圃雄祥同遊江陵鏡浦臺

秋到江陵更不疑，金風玉露早相期。歌辭零落斜陽晚，鏡浦臺前有所思〔一〕。

【自注】

〔一〕　鏡浦臺上前人題詩甚多，錄沈英慶七律一首如下：「十二闌干碧玉臺，大瀛春色鏡中開。綠波澹澹無深淺，白鳥雙雙自去來。萬里遊仙雲外笛，四時遊子月中盃。東飛黃鶴知吾意，湖上徘徊故不催。」款云丙子仲春，亦未詳何時也。

秋遊雪嶽山阻雨未能盡興

迢迢尋勝未當時，雪嶽山前雨似絲。曳白拖黃虛悵望，未窺姑射玉冰姿。

乘纜車登雪嶽山權金峯

不須修棧道，馭電可登攀。紅樹參差老，秋山迤邐寒。奇巖天際宿，梵唱雲中盤〔一〕。倉促從來去，靈臺集大觀。

【自注】

〔一〕峯頂雲氣甚濃，尋丈以外不辨樹石。方余等遊遨之際，有梵唱數聲，傳自遠處。蓋峯頂當有僧寺，然為雲霧所掩，不可詳指。

炳周教授偕仁淑自漢城見過時余方客居儒城

穆若清風卻暑氛，海東皆遣入蘭薰。更攜皎皎天墀月，來照儒城不定雲。

儒城初雪 二首

其一

紛紛撲面更沾衣，雙鵲歸來徑路微。領略遼東千里雪，行人縮頂立霜霏。

其二

林壑幽暝向晚看，雪時羈思正漫漫。嗟余病腹猶逃酒，那得三瓢壓歲寒。

伯元師《香江煙雨集》讀後師喜讀東坡詩數見於集中故末章及之二首

其一

彩筆揮灑似奔泉，嘆息吾寧避道邊。百里香江圖畫裡，臥遊何處不雲煙。

其二

陰陽浩浩浪追攀，出處只應莊老間。見說東坡春睡美，五更鐘動夢初還。

鶴山以胡小石書摺扇見貽

杜句楚辭敷義新〔一〕，楷行松骨柳為神，動搖清氣蠲煩濁，識取遠人分日親。

【自注】

〔一〕　胡小石嘗有《遠遊疏證》、《杜甫北征小箋》等作。

儒城秋晚有懷雨盦師　二首

其一

俊語纏綿仰我師，春風和穆一身知。故園霜菊堪盈把，想見歡然就酌時。

其二

才情胸次皆相敵，彭澤前身更不疑。詠到荊軻壯思湧，始知平淡是邊辭。

戎庵詞丈惠詩奉答並柬坤堯兄香江　二首

其一

勞遠瑰奇白玉篇，雲霞情意感纏綿。聲華早著驚都下，無象靈漚並曰賢。

其二

瀛海低昂又一時，娥眉聊與說相思。霸才從古難為用，休進陳王自試辭。

附原作

答秋雄韓國寄詩稿並柬坤堯香江　羅尚

其一

萬里雲羅二妙詩，丹楓燒嶂發神思。舞猶代面兼庭燎，傳自吾華信不疑。

其二

餞別匆匆未有詩，渭城重唱寄相思。遼東欲雪多珍重，法酒微醺得句時。

其三

美人遲暮宋臺秋，詩寄檀君欲散愁。耶誕果然來聚首，當呼太白與同浮。

其四

陳琳無主似飄蕭，議論飛卿識自高。今日愛才非昔日，不知何位置吾曹。

北國晚秋寄懷茉原師 二首

其一

藝海蒼頭振異軍，才高自有瞻輪囷。詩書五絕開生面，回首寰中更幾人。

其二

老佛焚經事未奇〔一〕，多情自古重離披。愁來驅遣臨唐楷，尚想靈漚侍硯時。

【自注】

〔一〕 師往年作客北美，為雪所困，嘗有「愁來老佛欲焚經」之句。

在川繪雲在龕圖見貽

一片幽蒼到眼前，師門揖別又霜天。架山圍水栽桑竹，更遣閒雲入屋椽。

無題

儒城秋盡黯嵯峨，迢遞銀河空素波。牛女相思經歲恨，人間未抵此宵多。

枯荷

佳人遲暮褪紅妝，聽雨客亭須斷腸。翠蓋清圓他歲事，短莖猶在水中央。

落葉

蕭騷行道樹，幾日見深柯。惆悵前溪舞，淒涼子夜歌。秋盡心先老，冬來恨愈多。棲遲萬里外，耿耿欲如何。

夜寢爲鼠輩所擾遂不寐

雪山已慣夢中行，天漢迢迢水殿清。鼯鬥承塵驚蛺蝶，臥聽秋蛬到天明。

不見鶴山五日矣昔人云一日三秋況又過之戲贈

待到風狂春又歸，寸心休教爇成灰。東欄紅艷一株在，日裡殷勤走幾回。

秋日儒城即事

儒城佳麗地，秋色自嬋娟。迢遞晴山外，蕭騷風樹前。小園覩接果〔一〕，虛室習安禪，動靜能隨意，生涯不羨仙。

【自注】

〔一〕　所居宿舍前有柹子二株，結實甚繁，悉已黃熟。日前逢休沐，宿舍管理員池姓夫婦偕其孺子以竹竿擊之，柿子紛紛墜落，滿裝兩大籮筐。

大田有懷忘漸老人　二首

其一

秋盡故園霜露多，懷新老子意如何。閒來想見迎旭日，仙跡巖前發嘯歌。

其二

淒涼夜半奏刀時，意下縱橫誰得知〔一〕。待到菊殘驚歲晚，枯腸故合沃千卮。

【自注】

〔一〕　往年靜農師序丈之《石陣鐵書室印選》，嘗有詩云：「頑石丹心亦可哀，淒涼夜半奏刀時，此中多有縱橫意，說與俗人那得知。」

夜飲即席贈歌者

閒愁隨處亂如麻，雪滿遼東未見家。一曲聆君頭欲白，不辭爛醉作生涯。

與淳孝驅車同遊痲谷寺

驅車靈嶽一逡巡，痲谷寺前萬里身。莫說空無即色相，愁來千佛亦含顰〔一〕。

【自注】

〔一〕《波羅密多心經》云：「色不異空，空不異色。色即是空，空即是色。受想行識，亦復如是。」按佛家所謂「色」者，蓋指有情世間一切物事。痲谷寺有靈山殿，供養千佛，亦稱千佛殿。

甲子初冬與仁淑同遊漢城仁寺洞暨南山等處盡一日之歡而別去

不須歌疊怨蘭叢，直北都門任好風〔一〕。仄景蒼黃氣已厲，短街巡閱興猶濃〔二〕。南山氣象干天室〔三〕，盃酒溫馨澆客衷。鎮日花香薰欲醉，幾人因色證禪空。

【自注】

〔一〕漢城在大田正北方。

〔二〕仁寺洞為文化街，舊書鋪及古董店闤集。

〔三〕杜詩云：「蓬萊宮闕對南山」，彼自指終南山言之。此南山與之同名，亦漢城市內最高處。

甲子小至日與敬五酒後遊大清湖

明湖風物眼中收，扶醉登臨一散愁。此去清州多少路，故園更在海西頭。

大元莊上作

漠漠輕陰遼樹昏，傷春傷別欲銷魂。娥眉那解離人意，彩袖殷勤勸酒樽。

乙丑春日寄呈龍坡靜者 二首

其一

靜者龍坡此歇腳，化成多士座生風。剩將奇逸兼慷慨，盡付長鋒馳騁中〔一〕。

【自注】

〔一〕　靜農丈作書，喜用日本溫恭堂製筆，其筆有「長鋒快劍」、「一掃千軍」等目。

其二

巍然一老即之溫，豪興猶堪舉百樽。野水憑他溪澗滿，北窗高臥不開門。

儒城大雪

海東三遇雪，為客驚年遒。寫月山河白，舞風鸞雀愁。心馳彭澤徑，目斷仲宣樓。寥夜幽吟罷，驅寒恃酒甌。

乙丑歲四月中澣與完植雅州雄祥鍾振追陪仲寶師同赴德壽宮看牡

丹惟時花事已過竟不及見　二首

其一

相約尋芳來已遲，藥欄空見碧參差。舊宮濕雨遊人盡，搔首司勳入夢思。

其二

雨中留照立蒼苔，九品朝班一局開。花謝花榮真底事，百年興廢小驚猜。

偶憶舊事柬完植教授並呈漢城大學中文系諸君子

七日匆匆一往還，冠山只作等閒看〔一〕。起頑爭及生公法，柳絮紛紛撲講壇。

【自注】

〔一〕　漢大校園依丘上下，其傍即冠嶽山。

敬五年來遇事多奇以詩廣之 二首

其一

秋到儒城絕可憐，丹黃迢遞墮人前。莫愁風雨晚來急，日出雲開又一天。

其二

否泰盈虛相倚伏，人間陵谷任推遷。知君居易原無悶，閒玩物華度小年。

感事

拂拂溪風翦碧絲，滿街聽唱中興辭。羞將詞客哀時意，說與壚邊翠袖知。

哭景伊夫子

滋蘭九畹費殷勤，舊學商量振異軍。銷酒丹心歌歷落，參天筆陣色絪縕。流觀蟲鳥千般意，指點逍遙萬里雲。鶴唳猿啼成獨往，三臺風雨慟斯文。

寄懷鶴山教授儒城　三首

其一

鶴山談古似河傾，品畫論文心眼明。一種風流人未賞，楊花落盡月華生。

其二

故人千里想冰清，閒處時從丘壑行。猶有雞龍山月在，依花帶草最分明。

其三

簪花載酒事曾經，深樹鳴蜩勞送迎。黃嫩依依湖畔路，懷人獨坐到三更。

乙丑中秋後十日寄呈雨盦師漢城　二首

其一

草草杯盤又別離，雲回水去恨參差。秋山紅樹開詩抱，正是遼東絕韻時。

其三

丹葉霜天秋皎潔，南山曙氣望中開。吾師自有煙霞癖，一鶴翛然獨往來。

漸丈《喜年小冊》讀後

其一

一冊朋窗足破愁，何須入海逐浮漚。短章波峭追宗子，石陣鐵書盟五州。

其二

榮枯飽閱鬢髯皤，春事冉冉可若何。忘漸原知得自在，穿林應喜夕陽多。

大木先生以「戩穀」二字陶印見貺

二文貞吉出葩經，摶土分朱破窈冥。脫手見貽旌好事，摩挲曦日滿疏櫺。

過企丈閒話談次偶涉莊生外重內拙義　二首

其一

幾度輕寒又送秋，地偏雲靜晚晴樓。山人別有全生術，寫篆寫荷還寫榴。

其二

重於外則內惛滋，濠上莊生有正辭。即世未聞真賭者，乾坤一擲不攢眉。

詠菊　二首

其一

嬌紅嫩碧去堂堂，動定隨緣莫惋傷。關意新來更底事，幾盆環砌點秋光。

其二

多少辭人誇菊淡，亦由開後更無花。歲闌吾自憐寒客，為遺數叢留落霞。

秋夕書懷用陶公己酉歲九月九日韻

掩卷空堂上，獨坐念故交。海運自千里，幽巖芳樹凋。日月忽已遠，瑟瑟秋風高。愁來作細字，誦史盡長宵。世無達生者，自媚還自勞。從來陵谷改，玉石同一焦。誠信亦何有，絲竹安足陶。相揖出門去，珍重各今朝。

偶憶舊事卻寄

玉殿曾同坐翠微，昏時旅燕又孤飛。多情絕憶漢江柳，江北江南送我歸。

有懷寅初漢城

柳岸松陵處處幽，海東攜手憶同游。雪山尋勝歸休罷，兒女燈前賽越謳。

憶柳

漫挽行人舞弱柯，依丘駢立又環河。眼拖泓碧來荊雀，眉鎖輕煙妒趙娥。灞水橋頭寒雨歇，永豐坊裡暖風多。芳時無計酬清景，惆悵詩人鬢腳皤。

爽秋師冬日招飲雨盦師及韓國丁範鎮教授皆在座

翩然來遠客，小子與華筵。夢逐遼東鶴，身將閬苑仙。春風開浩蕩，臘酯起纏綿。斗室人情暖，爭知欲雪天。

丙寅歲旦寄調敬五

欲空諸蘊保禪真，撩眼芳菲歲又新。一曲山中素女怨，感嗟多少座中人〔一〕。

【自注】

〔一〕　敬五每值綺筵盛會之際，酒酣以往，輒歌「山中之女人」一曲，其辭寓寫處女怨慕之情，調甚悲惋，而敬五乃按唱不厭，蓋有深意耶。

晚晴

蝶飛相趁戲花前，鶯語商量入柳邊。為有依山紅日在，連朝絲雨作春妍。

感遇

武侯起隆中，遂為帝王師。淵明安丘畝，采菊事東籬。出處雖相懸，千載挺奇姿。漢晉各已遠，真古不可期。當代無桃源，滔滔兵戈彌。道路浼人足，蕩滌將何之。東海非我有，扶餘難久棲。歸來南牖下，屈曲誦楚辭。陰陽有常理，貞定當何時。詩書聊自寫，從今到歲移。

至善園牡丹　三首

其一

木棉花暖向人明，啼血鵑魂滿地生。見說牡丹堪醒酒，更從海外育傾城。

其二

倚檻一枝紅豔開，炎方雨露護持來。祥雲從此傳新種，山杏江桃莫漫猜。

其三

曲苑春香入夢思，天涯無語立多時。向暝風雨愁難斷，黯黯魂消下錦帷。

附賡作

頃讀伯時賦至善園賞牡丹詩賡詠三首書箋報瓊　江兆申

其一

名花移自高句驪，水護紗籠倍見珍。不問炎州卑濕地，也能光艷吐精神。

其二

華鐙激射悉纖埃，碎語衣香款款來。輕紅膩白都如笑，照眼凝脂輔靨開。

其三

嚴寒初解柳條蘇，猶記江南二月初。宿酒未醒人獨立，春風一片錦模糊。

杜鵑花

彩霞遠近撲山根，可是川中古帝魂。已愧形愚啼永晝，更依籬落坐黃昏。

丙寅春日夢後有作寄敬五兼呈雨盦師漢城

夢得慇懃似飲醇，漢江花柳一番新。好牽浮海陶徵士，共作晏晏村裡人。

子仲兄爲篆東坡句「春在先生杖履中」小印賦謝

春生杖履愜吾衷，浮世閒情今古同。刊石重煩斲堊手，和風收入敝廬中。

哈雷彗星

太空來遠客，其名曰哈雷。百年乃一出，面紗未肯開。虎頭而蛇尾，形貌費疑猜。觀者咸嘆息，攬衣起徘徊。見說彗主兵，墳典詳厥災。自是戒淫德，不關星斗回。我亦澹蕩者，一夜立崔嵬。蒼冥無窮碧，忽忘成與虧。

曉起

策杖出門天未明，百禽催曉試新聲。一街冷淡風塵遠，容我中逵掉臂行。

滯雨

昨夜雨敲瓦，蕭颯幾侵夢。礎潤連三旬，墨雲勢猶縱。嗟余憂如山，褊急何能統。往歲困采薪，睽疏亦已眾。海棠久摧萎，薔薇何足貢。便欲罷游衍，詩書差堪誦。窗前臨信本，悲喜毛穎共。山色洗更青，寥天一翔鳳。

與諸生同游碧潭

臥痾頗負臨川約，是日重來一放神。清派抱巖猶泛碧，寒花被徑欲回春。鷩疑孤鷺消雲漢，搖颺雙艫隱釣津。眼底諸君多俊發，山林我亦此中人。

風會

風會依稀戰國初，攻城殺將日紛如。高筵但見金甌滿，長計何曾箕翼舒。

在川爲作書課圖率題

十里春風小結廬，桃紅蕉綠映庭除。陶詩吟罷人蕭散，猶傍晴窗作草書。

在川出示茮原師醴泉銘臨本假歸展玩數日

率更八法出風塵，臨本吾師認最真。閒對摩挲秋欲老，世間〔一〕何物長精神。

【編者注】

〔一〕《雲在盦詩稿》原作「世閒」，應作「世間」為是。

秋月

盈虛從大化，今夕復清光。迢遞接荒陌，翩躚連草堂。芙蕖翻酒熟，橘柚靜年芳。節物足陶寫，不須燕趙倡。

秋懷

一病了知千種非，何曾桃李及芳菲。閒時獨坐秋堂靜，唯見雛禽戲晚闈。

勉齋先生百五十歲冥誕有作

高風直接宋文山，長遺丹心照碧寰。謀國寧能辭九死，護田猶欲築三關。承傳有緒嚴夷夏，義節極天傲寇頑。大命不回儀則在，清芬遠韻足追攀。

任翁隱廬蠟梅盛開　二首

其一

倚風迴雪影扶疏，妝點仙巖木石居。一夜暗香吹不斷，攜人清夢到華胥。

其二

含情無語立黃昏，獨向寒天守尺垣。此去春陽多少路，孤山愁絕丈人魂。

榮松兄移居招飲　二首

其一

迢遞故山夜雨深，尊前此日一沉吟。飲醇連席十年事，花謝花榮感不禁。

其二

壁上雲煙綠滿襟，名山看盡倦登臨。當衢新築維摩館，安頓雲龍萬里心〔一〕。

【自注】

〔一〕榮松嘗兩度遊美，歷覽其山川之美。其新居傍羅斯福路。

蟋蟀

霜滿胡〔一〕天夢不成，風圍南國欲三更。人間一例傷蕭瑟，搗碎秋心是此聲。

【編者注】

〔一〕《雲在盦詩稿》原作「湖天」，應作「胡天」為是。

遊板橋林家花園率成小詩並呈同遊學波品卿弘治春貴義郎諸教授三首

來青閣

綽約山靈遠近邊，開軒一笑想他年。邯鄲夢罷人歸去，冷月荒荒照逝川〔一〕。

【自注】

〔一〕閣共兩層，登閣眺望，青山綠野撲面而來，故名。閣前有戲臺，橫額上題署「開軒一笑」四字。

方鑑齋

射虎彎弓事已休，小塘曲徑足優遊。佇觀荷隙羣魚戲，領略炎方一段秋〔一〕。

【自注】

〔一〕齋為讀書燕居之處，齋前深庭為池，池中秋荷半凋。有錦鯉無數，往來嬉戲，翛然樂也。池之四周則遊廊圍〔一〕繞，假山重疊，頗稱勝境。

【編者注】

〔一〕《雲在龕詩稿》原作「團繞」，應作「圍繞」為是。

觀稼樓

稻花連畈舊來迷，猶見晴光護短隄。陌上吟情誰會得，風吹落葉過橋西〔一〕。

【自注】

〔一〕 樓凡二層，登樓而眺，可以縱覽觀音山前阡陌相連，黍稷盈疇景象。今則高屋櫛比，遮斷望眼矣。

丁卯冬應邀赴韓國延世大學演講是日微雪旋霽

炎方詞客再來時，玄羽褰柯兩不疑。漠漠遼天殊解意，霏微聊與慰相思〔一〕。

【自注】

〔一〕 予自乙丑歲來不見雪蓋將三年矣，北國雪景，實繫魂夢。

與鶴山驅車往公州途經雞龍山及錦江

蜀中津嶂未曾諳，來踐遼東九折盤。錦水直前嗚咽去，敗蘆衰蓼帶愁看〔一〕。

【自注】

〔一〕 錦江為南韓中部大江，其下流即白馬江。

丁卯寒夜與趙鶴山都守熙成周鐸史在東徐文助諸教授酒後同觀韓國傳統歌舞即席成詠

傾人意氣欲如何，長引竭來賡短歌。此夕沈酣高麗舞，爭知門外有干戈。

與鶴山同參觀韓國獨立紀念館感賦

立國當家各有天，漢江雪嶽接風煙。窮黎血淚分明在，展禮遺痕一憬然〔一〕。

【自注】

〔一〕館中陳列文物甚豐，其中頗多反映日據時代暴行圖片。

敬五暨忠南大學中文系諸君子設宴夜飲甚歡

安頓萍身便是家，紅樓相望抵天涯。酒邊為汝橫青眼，暫倚遼雲莫怨嗟。

致成仁成昇勳同泛舟漢江

治水爭同治世難，揚清激濁恃平官。漢江千里明如鏡，網得鱗蝦好佐餐〔一〕。

【自注】

〔一〕聞漢江曩日因污染之故，水皆濁惡，魚不可食。經大力整治，今已復歸澄碧，魚鱉可佐餐矣。因念淡水河之穢惡，視曩日之漢江蓋十倍過之。每自高空下視，黑帶一襲，令人觸目驚心，不怡者累日。而執事者方苟且食肉，坐日成歲，為之憮然。

仲華夫子八秩嵩慶敬步師自壽詩羣雲韻原玉

人物吾師每出羣，翱翔學海氣凌雲。高文韓愈常連席，奇字揚雄何足云。馬鄭經箋發奧旨，程朱心學振英芬。儒林碩果巍然在，聲滿蓬壺領六軍。

恭祝高師仲華八秩嵩慶敬步師「八十書懷」原玉

文史流觀足永年，芰荷花葉碧田田。憑將淮海經師意，來對瀛州霽色妍。已逐柏松堅晚節，何妨霜雪撲華顛。栽成桃李三千盛，江上春風動可憐。

冠宇校長以溥先生畫軸見賜拜嘉之餘成二絕句

其一

上達文公恃下學，巍巍泰嶽是伊川〔一〕。栽成多士彌瀛海，即論〔二〕中師已燦然〔三〕。

【自注】

〔一〕冠宇校長風儀峻整，令人敬畏，晚年乃歸於和易。平生喜讀宋儒書，往往多所發明。

〔二〕論字讀去聲。

〔三〕校長在臺先後主臺中師範、臺中一中、臺南師範校政，所造士甚眾。其中以任中師校長時間最久，故栽成之人材尤多。

其二

傷心玩世溥西山，朗月清風與往還。留得殘山一角在，持予小子破愁顏。

橙黃

橙黃蟹紫欲寒天，遼海歸來又幾年。欲就瓊宮問去住，九閽目斷遍雲煙。

坤堯兄《清懷集》讀後集中談繹冰心詩文至於再三故末章及之二首

其一

錦繡文辭擅古今，發硎長劍氣森森。風廊一卷憑誰識，日暮天涯一片心。

其二

流星曳耀夜三更，才女新詩鬱愴情。黑幕垂垂此出沒，有生如此不分明。

茱原師有〈傍舍植菩提樹欲鐫雙菩提樹龕小印口號三首〉之作謹步韻奉和

其一

觀空佛子坐菩提，證得羣生貴賤齊。春雨春風十歲後，行看貞幹傍幽棲。

其二

朗朗心燈一室明，玉壺堅質本冰清。如知色相原空相，海燕江鷗皆可盟。

其三

渡海維摩託一龕，嚴冬是處不知寒。三千經眼都如夢，指點煙雲百尺瀾。

附原作
傍舍植菩提樹欲鐫雙菩提樹龕小印口號　三首　江兆申

其一

幽人遺我雙菩提，移來拂檻同檻齊。葳蕤百尺與雲會，結跏交櫪呼雲棲。

其二

月色如霜霜月明，月輪照水寒潭清。從知四大原非我，儻與伽陀有宿盟。

其三

數遍千林有一龕，荒雞唱徹五更寒。問君今日誰龍象，舌海嵯峨聽聚瀾。

己巳冬日遊花蓮雜詩並序　六首

己巳除夕前二日攜眷出遊，承師大國文系花蓮班七十八級諸君接待，並蒙居聰、榮財、琳琰、智明四賢嚮導重遊太魯閣、燕子口、和南寺、水璉諸勝地，率賦小詩。

其一

避地乘時來探春，山妻稚子共清塵。蜿蜒度越青山外，忽見汪洋接玉津。

其二

絕壁凋顏想素威，穿嵐循鑿冷霏微。烏衣當日棲遊處，重過曾無一燕飛。

其三

終古陰晴猿鳥疑，諸天微意幾人知。直前翻起千堆雪，始是觀音默默時。

其四

丹碧方圓溢岸隈，石文精妙此徘徊。摩挲識得千古意，不待胡僧話劫灰。

其五

一鶚翔天霜氣橫，羣獮掛木雨痕生。我來欣及觀元化，滿地紅花勞送迎。

其六

蓬山臘盡雨如絲，摘得黃柑霜後枝。兩日春盤祭祖罷，虛堂小坐便移時。

黃山憶遊敬次伯元師詠黃山彩墨畫團觀韻之作並呈同遊諸君子

誰將靈秀作岡巒，奔走龍蛇成大觀。雲裡蓮花迭出沒，屏邊松韻似波瀾。天都黛色來眉宇，始信嵐光結舌端。大塊文章讀不盡，更攜幽夢入蒲團〔一〕。

【自注】

〔一〕黃山千巖競秀，尤以蓮花、玉屏、天都、始信四峯為甲觀，故頷聯及腹聯四句及之。又鰲魚峯上有鄒魯所題「大塊文章」四字。

庚午重陽後一日值鶴山回甲之慶余適訪韓欣與盛會詩以賀之

楓醉點秋容，天涯一盪胸。吾原淡似鶴，君復老猶龍。八法衍清派，四詩開遠封〔一〕。

儒城風日好，西嶺有喬松。

【自注】

〔一〕　鶴山擅八法，忠南一帶能書者大率出其門下；於學則無所不窺，尤措意于詩話之研究，成就斐然〔二〕。

【編者注】

〔一〕　《雲在盦詩稿》原作「裴然」，應作「斐然」為是。

贈史在東教授

釋典翶翔不計秋，短歌聲壯足風流〔一〕。幾回攜手花前立，腸斷秦家白玉鉤。

【自注】

〔一〕　在東教授耽于內典，從事佛教通俗文學之研究，卓著成績。每酒酣作歌，聲情宏壯，足以移人。

贈成周鐸教授

雄師百萬鳥猿驚，指點荒丘勘古城〔一〕。百濟新羅皆逝水，憑君辛苦話輸贏。

【自注】

〔一〕周鐸教授治百濟史，頃于大田山區勘得百濟古城，以為即當年百濟抗禦新羅之第一道防線。

秋柳

湖上枯黃韻入秋，春風款拂想夷猶。休言洞裡無寒暑，一到仙源便白頭。

庚午重陽與俊彥坤堯二兄偕遊朝鮮坤堯旋港後有詩見贈次韻奉答

九日他鄉有所思，登高那得醉琉璃。逢人盡說丹楓好，寂寞秋心只自知。

附原作

贈秋雄兄　黃坤堯

春盡沈園多所思，櫻花如幻碧琉璃。子身獨上大田去，可有聲詩留故知。

題《輞川集》二首

其一

輞川勝景絕清奇，冷月疏鐘入夢思。維迪風流俱往矣，剩遺寂照幾篇詩。

其二

詩心畫境共虛盈，當日髯翁有定評。試向李家求氣韻，何如白鷺戲波清。

忠南大學校園漫步

年華世勢幾番新，猶是當時躑躅人。滿地西風飛木葉，由來蕭瑟最相親。

庚午深秋應邀爲延世大學及梨花女子大學中文系研究生說李義山詠物詩

並駕康衢孰後先，晚唐才筆最堪憐。玉谿微旨歸何許，只在鶯花高樹邊。

宿梨花女子大學國際學舍偶成

中年哀樂意非輕，晚日平岡若為情。一自楚人辭就後，滿園寒樹作悲聲。

俗離山紅葉

依山傍壑沐晴曦，麗質天生不自知。飛墜尋常莫掃卻，佳人憑此寫相思。

鶴山在東坤堯幸福諸公遊東鶴寺坤堯有詩余阻病恨未能從走筆和之

古剎秋山靜，霜楓暗綠川。維摩偶示疾，惆悵失勝緣。

附原作

東鶴寺贈牧照、法杖二師 黃坤堯

東鶴秋情逸，雨餘楓染川。深齋聆妙偈，珍重結茶緣。

旨雲師靈灰將歸葬武漢

夫子東浮海，巍然樹典型。辨疆存鳳闕，絕學在麟經。此日桑桃實，當時門館扃。靈骸歸漢上，揮涕倚長汀。

燕遊雜詠 六首

八達嶺長城

塞上黃凋滿目斑，朔風明月照雄關。窮氓百萬餘枯骨，贏得天威一破顏。

景山公園

鬢影衣香四季同，前朝宮殿夕陽中。無情有恨岡頭樹，鎮日寒柯向碧穹〔一〕。

【自注】

〔一〕 崇禎縊死處在此。

天壇

壁可回音眾語譁，圜丘告祭事多賒。霜風深鎖祈年殿，漠漠寒林噪暮鴉。

定陵

張相抄家四海窮，黃金耗盡作地宮。玉門神獸成何補，龍體一般生腐蟲。

盧溝橋

平疇四望絕岡巒，怙亂倭師啓戰端。即今東海流清淺，石獅猶自護橋欄。

琉璃廠

新春廠甸記搜尋，雜學知堂舊所欽。風景劫餘非昔日，海王村裡感難任。

蜀遊雜詩　六首

錦里武侯祠

六出祁山報主知，千秋俎豆不差池。若從蒙叟全生計，寧似江泥曳尾時〔一〕。

【自注】

〔一〕《莊子・秋水》：莊子釣於濮水，楚王使大夫二人往先焉，曰：「願以境內累矣。」莊子持竿不顧，曰：「吾聞楚有神龜，已死三千歲矣，王巾笥而藏之廟堂之上。此龜者，寧其死為留骨而貴乎？寧其生而曳尾於塗中乎？」二大夫曰：「寧生而曳尾塗中。」莊子曰：「往矣！吾將曳尾於塗中。」

杜甫草堂

錦城絲雨浣花天，子美哀時寄一廛。垂老潼關詩史在，後人漫說不新鮮〔一〕。

【自注】

〔一〕　趙翼《論詩絕句》：李杜詩篇萬口傳，至今已覺不新鮮。江山代有才人出，各領風騷數百年。

先主廟

偏安王業起桃園，作計吞吳躓玉軒。牽累隆中諸葛老，綸巾不得老丘樊。

都江堰

二王區擘費沉吟，玉壘高寒岷水深。魚嘴截江分內外，蜀人蒙澤到如今。

樂山三蘇祠

雄筆老泉論六國，長歌同叔笑東方〔一〕。絕憐嶺外東坡老，默數行人立夕陽〔二〕。

【自注】

〔一〕神宗熙寧六年，王安石因修《三經新義》加尚書左僕射兼門下侍郎，蘇轍作《東方書生行》以嘲之。

〔二〕東坡在嶺外作《縱目》詩云：父老爭看烏角巾，應緣曾現宰官身。溪邊古路三叉口，獨立斜陽數過人。

峨眉金頂

歷井捫參天勢圍，祥光乍現白雲飛。逢人盡說峨眉秀，獨立寒岡一振衣。

秦中雜詠　四首

長安明城牆

立國漢唐章遠謨，秦州四塞作王都。環河猶護高城在，萬戶閭閻入畫圖。

華清池

玉環嬌侍沐溫湯，幸蜀歸來是上皇。行樂由來誇此地，諫兵亭外月如霜〔一〕。

【自注】

〔一〕 華清池為西安事變發生地點，今有兵諫亭。

章懷太子墓

秋來上苑獵貔貅，春日平郊戲馬毬〔一〕。太子生涯多盛事，餘時猶遣注春秋〔二〕。

【自注】

〔一〕 墓中壁畫有馬毬圖及狩獵出行圖，皆極生動。

〔二〕 「春秋」本古時史書通名。章懷嘗注《後漢書》。

秦兵馬俑

長平坑趙想嬴秦，千載霜顏尚怨瞋。眾裡憑君認仔細，匈奴恐有未歸人〔一〕。

【自注】

〔一〕兵俑中有相貌特異者，疑是外族人，蓋秦時軍中亦雜有北方或西北少數民族耶？

新得溥心畬先生鬼怒川畫卷柬瀨戶口律子教授東京

王孫行腳接瀛天，妙境新知鬼怒川〔一〕。百里春風江戶路，花鬢柳眼太纏綿。

【自注】

〔一〕鬼怒川在東京近郊，為溫泉勝地。

太希老人辭世一年矣靜夜檢讀老人所書冊葉愴然有作　三首

其一

三千世界人人錯，名理多藏淺語中。聲滿碧寰慷慨甚，江西詩脈尚豪雄。

其二

知我者稀依鳳岡，有情無象故難量〔一〕。小行書記前朝事，今夕披尋欲斷腸。

【自注】

〔一〕　老人籍江西，以「無象」名庵。其詩往往以淺語申名理，嘗有「三千世界人人錯」、「知我者稀」、「不因無象便無情」諸印，往往鈐蓋於所作書畫上。

其三

娓娓清言伴落暉，廣文身世意多違。蓬瀛又見春風老，無象庵前舊燕歸。

秋夜過龍坡丈人舊居回憶曩時追陪之情不勝愴痛　四首

其一

隸法恢張奪鄧席，草書斜引逼倪黃〔一〕。人間興廢無窮事，一鶴寥天獨遠翔。

【自注】

〔一〕丈人隸書以華山碑、石門頌為主，用筆動盪，氣勢恢張，論者以為度越昔人，別闢新境。行草則專習倪元璐、黃道周二家，間參沈寐叟筆意。實能遺貌取神，自成其體。觀其晚歲合作，蓋已超倪黃而上之。

其二

阮嵇人物最風流，師友丹心驚歲遒。日落寒冰思舊賦，一回書就一搔頭。

其三

干戈滿目恨分離，仲甫秋翁各有詩。病起蕉窗吟誦罷，書貽小子作瑰奇。

其四

淮海少年老一庵，涼宵猶得接清譚。如今蹀躞溫州路，冷月西風意不堪。

辛未秋日寄懷崔元圭教授儒城

閱世詩人氣自華，浦城街口憶雲車。西風又染霜林醉，倘有新篇賦落霞。

與井星伉儷訪埔里靈漚新館　二首

其一

畫水買山違郭郛，分明門外即西湖。中開黛色通幽徑，駢植垂楊白與蘇。

其二

羣山萬壑邐迤來，入眼冰壺漲綠醅。暑氣已銷秋日薄，階前留照小徘徊。

茱原師致事將移居埔里靈漚新館

堅竹虬松次第栽，一輪明鏡絕塵埃。風翻殘帙幽眠起，杖履翛然獨往來。

讀史　二首

其一

不誠無物枉和民，譎偽終當失衆親。若使褊心能濟事，馬陵蠲命又何人。

其二

輕財平楚魏其侯，罵座灌夫氣亦秋。貪鄙恃權田氏子，慫盈怖死可憐羞〔一〕。

【自注】

〔一〕《史記・魏其武安侯列傳》：武安侯病，專呼服謝罪。使巫視鬼者視之，見魏其、灌夫共守欲殺之，竟死。

辛未秋日送礽乾兄之韓國講學并柬完植淳孝寅初鍾振諸舊友

眠沙臥岸自華年，雲水蒼茫惜暫遷。君到漢江逢故友，好攜紅葉入吟邊。

辛未中秋前俊彥兄歸自塞外以夜光杯見貺

燭夜流歡碧玉卮，關河冷落坐尋思。將軍令促琵琶急，可耐頹然思臥時。

萬壽兄遊絲路歸來以吐魯番葡萄乾見貽率成六言四句

莊子鵬飛萬里，敦煌酒郡天山。攜餽大宛風日，起予邊思如環。

畫廊中見漁叔夫子自書詩軸

鳳引崑岡二十秋〔一〕，凌雲一紙豁雙眸。深情忽憶過窗句，避漏移床計未周〔二〕。

【自注】

〔一〕漁叔夫子仙逝於癸丑之歲，去今二十年矣。

〔二〕師工書，嘗自書所作〈小窗過雨戲作〉七律一首見貽，詩蓋感事而發，為《花延年室詩》所未收，謹錄存之：「避漏移床計未周，虛從牖戶作綢繆。時窮尚有千憂在，事往才堪一笑休。流水下山非逐熱，夕陰過巷不成秋。風簾西角支頤坐，且遣深深養倦眸。」

辛未秋夜聽景伊夫子讀江文通〈別賦〉錄音帶悵然有作

十年慷慨作悲歌，南浦芳春傷綠波〔一〕。舊宅只今成偉廈，和平路口數經過。

【自注】

〔一〕江文通〈別賦〉：春草碧色，春水綠波。送君南浦，傷如之何。

聽實先先師讀司馬遷〈報任安書〉錄音帶淒然成一絕句

書聲感憤想吾師，勃鬱馬遷裁報辭。步曆考文真絕學，傷心更有艳梅詩〔一〕。

【自注】

〔一〕師嘗有〈朱梅〉詩四首，蓋有所寓託之作。

辛未秋坤堯兄來臺參加二十世紀文學會議文華兄招飲北海漁村

白玉苦瓜焚鶴人，繆思心路認清真〔一〕。歡然參聖漁村裡，六逸雲情似酒醇。

【自注】

〔一〕《白玉苦瓜》、《焚鶴人》、《左手的繆思》皆余光中所著書。坤堯兄是次發表之論文題目為〈余光中詩文集的序跋〉。

俚語四句爲文傑師壽

諸公衮衮盡乘時，狷者無回仰我師。閱世證知空即色，歡持美酒事春嬉。

讀《蔡元培張元濟往來書札》感賦 二首

其一

藏暉同甫鼓西潮，申叔剛聞振夏韶〔一〕。新舊古今同一鑄，蔡侯器識自超超〔二〕。

【自注】

〔一〕謂劉師培、黃季剛、黃晦聞。

〔二〕蔡先生掌北大時，延聘教授，不問新舊，一以學養為考量要件。

其二

一卷心經換告身〔一〕，觀摩實為重斯人。香江見說安窮死〔二〕，恥受干戈大盜仁。

【自注】

〔一〕靜農丈曩曾以彭醇士行書《心經》精品與人易得蔡先生自書詩一軸。

〔二〕蔡先生晚年流落香江，窘甚，某公命人贈以金，辭不受，遂窮而死。聞靜農丈云。

庚午冬夜與宜魯遊成都老街　二首

其一

大年古籀氣輪囷，希白臨池墨尚新。風雨故家蕭瑟甚，清暉山水點秋塵〔一〕。

【自注】

〔一〕古董鋪中有童大年、容希白篆書聯及王石谷紈扇山水。石谷晚號清暉老人。

其二

君平卜肆子雲亭，人物錦官誇毓靈。鱗比通街都踏遍，長卿不見見參星〔一〕。

【自注】

〔一〕《史記·天官書》：觜觽、參，益州。

問敬五山君　二首

其一

謝女承歡歌柳絮，何郎得意詠芙蕖〔一〕。漢江秋色連儒郡，萬里西風想燕居。

【自注】

〔一〕首句謂山君令嬡秀蘭，次句謂敬五新婚。

其二

空闊海天魚雁疏，霜寒木落渺愁予。蓬壺山宅梅開日，携眷能來一聚無。

辛未中秋感事　三首

其一

春秋變例起梁亡〔一〕，筆削仲尼嚴肅霜。衽席同登本汝責，威民何事假狂郎。

【自注】

〔一〕《左傳·僖公十九年傳》：梁亡，不書其主，自取之也。初，梁伯好土功，亟城而弗處，民罷而弗堪，則曰：「某寇將至。」乃溝公宮，曰：「秦將襲我。」民懼而潰。秦遂取梁。

其二

鷹鴻各欲奮煙霄，平揖萬邦斯理昭。畫地為牢真自限，空聞道路訪歌謠。

其三

晉侯圖霸苦經營，濟事依違恃六卿。幾日蓬壺風和雨，中秋月色未分明。

庚午早秋與政欣昭明登鑫雄祥諸兄快遊西湖未有詩辛未秋仲追詠成篇　二首

其一

詩人遺愛不含胡，樂天而後更髯蘇。湖山秀入心魂處，連手同來一字無。

其二

柔篙日日掩柴扉，水色嵐光意不違。野客到門驚白羽，湖心招得主人歸〔一〕。

【自注】

〔一〕孤山北麓有放鶴亭，為林和靖隱居處。

雄祥以竹節兩面印見貽 二首

其一

遊屐雄祥每往還，西湖遼海又黟山〔一〕。竹根攻錯成朱白，得意多應秦漢間。

【自注】

〔一〕甲子、乙丑之歲，雄祥與余同客三韓，幅巾芒鞋，相從於彼邦名山勝水之間。庚午初秋，又得結伴同遊上海、杭州、新安江、黃山等地。

其二

風概高騫不染塵，蔡侯人品極清醇。非關好事旌文翰，謝范交投氣味親〔一〕。

【自注】

〔一〕《南史》：謝瞻不營當世，與范泰為雲霞交。

茮原師手鈔《寒玉堂畫論》校竟二絕句

其一

羅衣起舞說嵯峨〔一〕，字字清圓響玉珂。詞苑即今凋敝甚，瑰才似此已無多。

【自注】

〔一〕《寒玉堂畫論·論山》：春山如羅衣起舞，環佩搖風。

其二

將軍舞劍氣如神，遊女簪花陌上春。小楷精能兼秀逸，衡山以後更何人。

天成師招飲 二首

其一

遼東追侍意遄飛，纓絕瓊宮燭影微。樽酒今宵強欲盡，飛花恐點先〔一〕生衣。

【自注】

〔一〕 先字讀去聲。

其二

鵬飛鯤運自堂堂，萬里春風接大荒〔一〕。蹩蹇何堪充後乘，吟邊愧殺沈東陽〔二〕。

【自注】

〔一〕 師人品峻潔，其接引後輩則蘊藉如春風。於學無所不窺，尤邃於《南華》一經。

〔二〕 玉谿生〈韓冬郎即席為詩相送一座盡驚〉詩：「為憑何遜休聯句，瘦盡東陽姓沈人。」

榮輝兄移居美洲將二十年矣偶憶舊事戲成六言四句兩章即寄

其一

馮大去親投遠，廿年冰雪盈眸。廣韻說文拋卻，蓮花竹葉迎秋〔一〕。

【自注】

〔一〕　榮輝兄潛心《廣韻》、《說文》，其碩士論文為《來紐字之研究》。及往美洲後，乃盡棄其所學，開一酒館，恃為生計。其暇則流連物華，遍遊五洲名勝。人或惜之，而榮輝方欣然有自得之色，其意量遠矣。

其二

休歎知音難遇，春風絕憶永和〔一〕。聞道咸池日暖，可曾晞髮巖阿〔二〕。

【自注】

〔一〕　永和為榮輝曩日行跡最密之地，尚堪記憶否。

〔二〕〈九歌・少司命〉：與女浴兮咸池，晞女髮兮陽之阿。望美人兮未來，臨風怳兮浩歌。

贈登鑫兄　二首

其一

擔囊就學眼前橫〔一〕，彈指卅年心暗驚。猶有如花美眷在，憑君莫道老先生〔二〕。

【自注】

〔一〕憶四十七年夏，登鑫與余將前往臺中師範學校報到入學，邂逅於臺中車站，時登鑫由其伯兄相陪，扁擔行李，一派農村子弟氣象。事過三十餘年，此情如在目前。

〔二〕登鑫近數年來忽蓄鬍鬚，秋草離離，半染霜雪，年纔五十，而見之如七十以上人。嘗二次與余結伴遊大陸，一行中最受禮遇，彼岸人多以「老先生」尊呼之。

其二

古貌古心多異聞，風流人物數黎君。幾時攜手天山去，踏破岡頭處處雲。

聞福全兄病目詩以問之 二首

其一

攜家訪古去，足跡遍燕秦。宿雪眉山好，金頂一為賓〔一〕。

【自注】

〔一〕客歲之冬，福全兄攜眷遊內地，嘗遍歷燕、秦、蜀三地諸勝蹟。余亦預焉，相從甚歡。

其二

徐公病目後，芳草亦愁顏。傳語勤將護，留看塞外山〔一〕。

【自注】

〔一〕聽俊與余來歲有遊絲路之約，頗願福全兄亦能結伴同行。

與佩纓惠良中生傳馨怡令競雄諸同門謁埔里靈漚新館留宿一夜而別去 二首

其一

行意先生真鳳鸞，二三小子接餘歡。橫煙翠岫排幽闥，帶露紅椒入薦盤。

其二

聽雨簷前興不孤，偶翻唐帖足清娛。龍蟠虎踞護齋館〔一〕，白鷺紅蓼入畫圖。

【自注】

〔一〕館之右側為虎頭山，館之前方及左側重山疊嶂，有龍蟠之勢。

敬悼鄭因百先生

其一

三月杜鵑花滿城，柳周微旨說分明。斜陽冉冉春無極，情到濃時暗恨生。

其二

遍歷詞場觀照圓，知堂尹默得心傳〔一〕。蘭成老去生奇興，絕句論書一百篇〔二〕。

【自注】

〔一〕先生自言曩年就讀燕大時，受沈尹默及周作人兩先生之啓迪獨多。

〔二〕先生於民國七十一年壬戌及七十二年癸亥兩年中撰成論書絕句一百首，先發表於《國立編譯館館刊》第十三卷第一期，後收入《清畫堂詩集》中。

題陳含老書畫成扇

維揚耆宿老瀛洲，醇士西山與唱酬。箑背篆書如裹鐵，滿天明月人依樓〔一〕。

【自注】

〔一〕成扇一面為含老篆書，一面為含老所作秋景山水，題句云：「滿天明月，四面秋聲，增得畫中人一腔詩思矣。癸酉五月含光又寫。」癸酉為民國二十二年，尚在含老浮海來臺之前。

題陳散原朱彊村二老書法成扇

年年消受新亭淚〔一〕，兵氣沉浮鳥不歌〔二〕。二老風流詩與字，泠然一箑入吟哦。

【自注】

〔一〕彊村老人書扇詞句。

〔二〕散原老人書扇詩句。

秋瑾墓

收放如心網罟陳，隨人俯仰足全身。奇悲誰識秋風句〔一〕，秋瑾當年是暴民。

【自注】

〔一〕　秋瑾臨就刑，有「秋雨秋風愁殺人」之句。

大木先生畫展成三絕句

其一

細蟲粗葉意嵯峨，出手恢奇感動多。法乳分明白石老，更增添一段婀娜。

其二

曲肱樓靜罷呼盧，閒遣葩經入畫圖。到眼燦然羣卉辨，不煩元恪注荷蒲〔一〕。

【自注】

〔一〕　陸機，字元恪，三國吳人，有《毛詩草木魚蟲疏》。又《詩・陳風・澤陂》：「彼澤之陂，有蒲與荷。」

其三

少小不知天地意，悔曾持䗐接蟬來。今朝對此生機滿，懷抱中年得暫開。

樽前口號爲無心齋主人發笑　二首

其一

晴空萬里好翻飛，青眼金樽慎莫違。四大成虧真底事，看老秋光春又歸。

其二

片雨依山已〔一〕不驚，閒看蟻鬥辨輸贏〔二〕。嫣紅一樹勤將護，莫為無心便絕情。

【編者注】

〔一〕　《雲在盦詩稿》原作「己不驚」，應作「已不驚」為是。

〔二〕《雲在盦詩稿》原作「辨輸嬴」，應作「辨輸贏」為是。

袁寒雲詩稿書後

權力腐人今古同，八旬南面太匆匆〔一〕。高樓風雨凄涼甚〔二〕，識見寒雲勝乃翁。

【自注】

〔一〕洪憲稱帝凡八十一天。

〔二〕袁世凱野心稱帝，寒雲不認同其父之所為，嘗作〈感遇〉詩諷之，有「絕憐高處多風雨，莫到瓊樓最上層」之句。

許世旭教授訪臺雨盦師招飲雙安廬　二首

其一

詩人遼海早知名，雛鳳何如老鳳聲〔一〕。今日歡然風雨會，杯盤笑語見平生。

【自注】

〔一〕李義山〈韓冬郎即席為詩相送一座盡驚〉詩云：「桐花萬里丹山路，雛鳳清於老鳳聲。」

其二

春風桃李接天涯，杖履遊方便是家〔一〕。福慧修成晝日永，雙安廬裡極清華。

【自注】

〔一〕師所造士遍及海內外，杖履所至，門生無不歡喜款接，悃誠熱烈得未曾有，豈不以師之篤意真古，風神散朗，故所化者遠耶！春風之沐，小子所受多矣。

題玄廬書刻紀念魯迅逝世二十週年扇骨　二首

其一

推尊或欲置諸天，揚抑師心亦枉然。待得浮花浪蕊盡，湘囊收拾認前賢。

其二

冷對千夫凜素秋，甘為孺子自溫柔〔一〕。畸人偏有真情性，不比恬然偽孔周。

【自注】

〔一〕扇骨上刻魯迅詩句：「橫眉冷對千夫指，俯首甘為孺子牛。」

辛未晚秋忽憶北國春柳並柬鶴山教授

三月儒城芳草齊，蓬壺秋晚雨雲低。西風吹老湖邊樹，苦憶柔條壓綠隄。

題弘一法師書聯　三首

其一

秋老江南草木衰，世情濃淡舊曾窺。夢痕花事悲年少〔一〕，古道長亭恨別離〔二〕。

【自注】

〔一〕弘一在俗時曾作〈悲秋〉云：「西風乍起黃葉飄，日夕疏林杪。花事匆匆，夢影迢迢，零落憑誰弔。鏡裡朱顏，愁邊白髮，光陰暗催人老。縱有千金，縱有千金，千金難買年少。」茲櫽括〔一〕其意。

〔二〕弘一在俗時有〈送別〉詩：「長亭外，古道邊，芳草碧連天。晚風拂柳笛聲殘，夕陽山外山」云云，小時先生教唱此歌，其時識見尚淺，詩意未能盡知，然於全詩之感傷氣氛則領受甚深也。

【編者注】

〔一〕《雲在盦詩稿》原作「隱括」，應作「櫽括」為是。

其二

藝術宗師禪法師〔一〕，神龍變化孰能知。離情割愛空諸象，一事終身不忍辭〔二〕。

【自注】

〔一〕弘一大師圓寂，太炎先生曾有悼詩云：「生平事跡一篇詩，絕世才華絕世姿。朱門年少空門老，藝術宗師禪法師。」此詩靜農丈嘗以錄示，今歸李惠雅。

〔二〕弘一出家後，在俗時所熱愛之藝術，如音樂、繪畫、篆刻、戲劇等，一概割捨，惟於書法則終身未忍絕緣，故一生所遺墨跡頗多，直到圓寂前二天，猶為黃福海居士書《座右銘》一幅，又寫「悲欣交集」四字交其弟子妙蓮法師，遂成絕筆矣。

其三

落盡繁華正性呈，雄彊收拾入和平。諸君莫遂嫌枯淡，劍氣銷時道氣生〔一〕。

【自注】

〔一〕弘一書法，早年習北碑，茂密雄彊。及入空門，則轉為沈潛內斂，一種靜穆之氣，令人對之自然心意和平。

辛未重陽前十日作

獨坐虛堂耽寂寥，厭聞門外日囂囂。蓬壺幾日西風緊，節近重陽秋正驕。

贈峯彰兄

妍媸真偽識其情，虹叟齊翁日送迎〔一〕。物外高情尊道藝，陶朱本色是書生。

【自注】

〔一〕峯彰兄喜收藏，精鑒別，近年來以經營畫廊之故，每日所經眼之書畫名跡甚多。虹叟齊翁，謂黃賓虹、齊白石。

過臺中市忠明國小忽憶舊事柬讚源安雄二兄

幾處榕椰眼底收，他年隴畝已高樓。傍垣猶憶希夷室〔一〕，爾汝三人住兩秋〔二〕。

【自注】

〔一〕《老子》：「視之不見，名曰夷；聽之不聞，名曰希。」

〔二〕讚源中師畢業後分發忠明國小任教，住值夜室。室頗偪陋，一榻蕭然。一九六三年及六四年間，讚源、安雄與余為準備考大學，同在某補習班進修英文，晚上安雄與余常就宿於讚源處，想二兄必能記憶也。

口占謝賢敬大田寄冬衫

猶有毛衫寄，應憐鹿洞寒。中年哀樂永〔一〕，秋思正漫漫。

【自注】

〔一〕《世說新語・言語第二》：「謝太傅語王右軍曰：『中年傷於哀樂，與親友別，輒作數日惡。』」

張君胸多塊壘近忽聞喜讀南華經愛不釋手

人世不平偏入眸，將軍罵座氣橫秋。偶然修得莊生術，小大成虧一例休。

明德兄自塞北歸來以魏晉象塼見貺

安詩三百思無頗，夜讀遷書發浩歌〔一〕。關外忽然訪古去，晉塼圖象入摩挲。

【自注】

〔一〕兄潛心《毛詩》、《史記》，各有專門著述行於世。

題鄭海藏行書屏

一著差池不可追〔一〕，詩心墨氣自淋漓。崇名太過空成悔〔二〕，亦有歸山恨晚時〔三〕。

【自注】

〔一〕公入民國後居上海，鬻書自給，一九三〇年九一八事變，從溥儀任偽滿洲國經理，甘為漢奸，由是清譽大減。

〔二〕公〈東坡生日集翁鐵梅齋中〉詩：「終知此老堂堂在，贜覺虛名種種非。」

〔三〕公〈伯潛約遊鼓山〉詩：「入山真恨晚，舉首愧山靈。」

植物園荷花已謝

迎涼最愛亭亭立，幾別翻成默默休。堪恨道旁青草色，離離猶自接瓊樓。

向蕁波索畫成一絕句時蕁波適偕嫂夫人新遊三峽歸來

笻杖攜家作勝游，巫山曉色尚盈眸。師門短紙斜行在，畫取江南一段秋。

題沈寐叟行草立軸　二首

其一

遙從二爨證深情〔一〕，溫麗雄奇莫與京。藝事若論驚絕處，不矜能熟貴能生〔二〕。

【自注】

〔一〕寐叟行草胎息二爨，品格極高。

〔二〕凡百藝事，其始也恨不能熟；及其終也，則恨不能由熟返生。寐叟書法之不可及處，正在一「生」字。

其二

嵇阮同流陶靖節，禪玄互證謝靈川〔一〕。丹黃信手成真諦，識見餘翁本卓然。

【自注】

〔一〕寐叟〈王壬秋選八代詩選跋〉云：「支公模山範水，固已華妙絕倫；謝公卒章，多託玄思，風流祖述，正自一家。陶公自與嵇、阮同流，不入此社。」又云：「支、謝皆禪玄互證，支喜言玄，謝喜言冥，此二公自得之趣。」

辛未重陽有懷承武兄漢城

談心談性入精微〔一〕，九日安城黃葉飛。惆悵南山一面後，蓬壺兩見燕來歸〔二〕。

【自注】

〔一〕兄沈潛心性之學，其博士論文為《朱子哲學思想之發展及其成就》。

辛未九日憶往二章柬振宗振繁賢昆仲

其一

平郊曠望故園秋，姜被溫馨思舊遊〔一〕。語笑橫隄坐石榻〔二〕，乘涼絕憶月如鉤。

【自注】

〔一〕兄舊居距吾家甚近，余小時至兄家夜讀，常同宿不歸。情誼之親，何異手足！此雖四十年前事，然兄必猶能記憶也。

〔二〕兄舊居下有石隄，小時常坐臥其上，未悉今竟如何，思之惘惘。

其二

穿柳銜花自為羣〔一〕，隴水翻成卅歲分。登眺弟兄羞落帽，漸看篁寸欲凌雲〔二〕。

【自注】

〔一〕一九六〇年至六三年間，振宗、振繁昆仲二人與弟嘗同在臺中縣安定國校任教，後一年德昌、士山及蔡文諸兄亦自師校畢業來共事。

〔二〕爾時之學生已多有事業成就者。

辛未秋夜讀陶詩成二絕句 二首

其一

江畔栽桑悔已遲〔一〕，個中真意幾人知。自從彭澤辭官後，鳥逝雲回盡可疑〔二〕。

【自注】

〔一〕公〈擬古·種桑長江邊〉詩云：「種桑長江邊，三年望當採。枝條始欲茂，忽值山河改。柯葉自摧折，根株浮滄海。春蠶既無食，寒衣欲誰待。本不植高原，今日復何悔。」

〔二〕公〈飲酒・結廬在人境〉詩云：「山氣日夕佳，飛鳥相與還。此中有真意，欲辯已忘言。」

其二

東方一士操鸞鶴〔一〕，新燕雙飛入舊廬〔二〕。負氣不回真狷者，直言平淡太荒疏。

【自注】

〔一〕公〈擬古・東方有一士〉詩云：「知我故來意，取琴為我彈。上絃驚別鶴，下絃操孤鸞。」

〔二〕公〈擬古・仲春遘時雨〉詩云：「翩翩新來燕，雙雙入我廬。先巢故尚在，相將還舊居。」

辛未重陽後一日追陪雨龕夫子及堪白大木兩先生由峯彰兄世瓊弟

開車赴茉原師之約時師方移居埔里靈漚新館　二首

其一

風雨重陽過後，先生與點如龍〔一〕。逵道驅馳百里，流觀九九尖峯〔二〕。

【自注】

〔一〕《論語・先進》：（曾皙）曰：「莫春者，春服既成，冠者五六人，童子六七人，浴乎沂，風乎舞雩，詠而歸。」夫子喟然歎曰：「吾與點也！」。按曾皙名點。

〔二〕自草屯至埔里，沿道羣山迤邐，風景絕美，其間有九十九尖峯。

其二

入耳蟲聲斷續，盪胸山色有無。風日靈漚清麗，樽前客主歡愉。

讀王荊公詩　三首

其一

物論悠悠總不齊，路人隨口說高低。千秋待得浮言盡，功過荊公費品題。

其二

不設垣牆如客館〔一〕，一驢鍾阜去尋雲〔二〕。絕憐秋雨歸來後，獨聽〔三〕空堂到夜分。

【自注】

〔一〕《續建康志》：「再罷政以使相判金陵，到任即納節，固辭同平章事，改左僕射。未幾又懇求宮觀，累表得會靈觀使，築第於白下門外，去城七里，去蔣山亦七里，平日乘一驢，從數僮，遊諸寺，欲入城則乘小舫，泛湖溝以行，蓋未嘗乘馬與肩輿。所居之地四無人家，其宅僅蔽風雨，又不設垣牆，望之若逆旅之舍。有勸築垣，輒不答。」

〔二〕公〈山中〉詩云：「隨月出山去，尋雲相伴歸。」

〔三〕聽字讀去聲。

其三

冷雲東皐供搔首〔一〕，春鳥北山遺好音〔二〕。惘惘不甘如掬在，幾人從此悟金鍼〔三〕。

【自注】

〔一〕 公〈寄蔡天啓〉詩云：「佇立東岡一搔首，冷雲衰草暮迢迢。」

〔二〕 公〈半山春晚即事〉詩云：「惟有北山鳥，經過遺好音。」

〔三〕 昔海藏翁論詩，嘗以為詩中當含惘惘不甘之情，斯為佳製。周棄子亦以為言。

辛未重陽後三日夢中過馬鳴村故居　二首

其一

隴畝相依廿幾春，鐵砧山月夢中親。如今四海棲遲客，曾是馬鳴村裡人〔一〕。

【自注】

〔一〕 舊居在臺中縣外埔鄉馬鳴村，右前方有鐵砧山，小時常往山中刈草。

其二

滿目菜花阡陌改，老屋數椽夷作田〔一〕。三徑陶公詎有宅，半規新月不成圓。

【自注】

〔一〕往時所居老屋已夷作田地，開滿菜花矣。

渭濁

渭濁涇清看合流，齗齗相向不能休。微言爭得堂堂在，公穀諸師亦自謀〔一〕。

【自注】

〔一〕謂兩漢《公羊》及《穀梁》諸博士。

承堪白先生賜刻「左氏癖」三字印感賦　二首

其一

芍藥迎風奈若何〔一〕，秋堂永日起婆娑〔二〕。仲圭〔三〕饒有臨池興，手寫心經日一過〔四〕。

【自注】

〔一〕《世說新語・任誕第二十三》：「桓子野每聞清歌，輒喚奈何。」先生曩曾仿新羅山人寫得青芍藥一朵見賜。

〔二〕先生曩曾賜刻「婆娑永日」四字小印。

〔三〕元吳鎮字仲圭。

〔四〕近聞先生每日寫《心經》一通。

其二

死便瘞埋劉沛國〔一〕，心香左氏杜征南〔二〕。千秋我亦同斯癖，重累先生起一龕。

【自注】

〔一〕《晉書・劉伶傳》：「常乘鹿車，攜一壺酒，使人荷鍤而隨之，謂曰：『死便埋我。』其遺形骸如此。」劉伶，沛國人。

〔二〕《晉書・杜預傳》：「時王濟解相馬，又甚愛之；而和嶠頗聚斂，預常稱『濟有馬癖，嶠有錢癖』。武帝聞之，謂預曰：『卿有何癖？』對曰：『臣有《左傳》癖』」杜預官至征南大將軍。

讀柳州詩文 三首

其一

少人多石楚之南〔一〕，泉墜樹環鈷鉧潭〔二〕。從此騷人忘故土，中秋觀月酒初酣〔三〕。

【自注】

〔一〕柳州〈小石城山記〉云：「其氣之靈，不為偉人，而獨為是物，故楚之南，少人而多石。」

〔二〕柳州〈鈷鉧潭記〉云：「其清而平者且十餘畝，有樹環焉，有泉懸焉。」

〔三〕　柳州〈鈷鉧潭記〉云：「尤以中秋觀月為宜，於以見天之高，氣之迥。孰使予樂居夷而忘故土者，非茲潭也歟！」

其二

煮茶然竹倦登臨，空闊南天自古今。鼓枻中流成一眺。巖雲出岫果無心〔一〕。

【自注】

〔一〕　柳州〈漁翁〉詩云：「漁翁夜傍西巖宿，曉汲清湘燃楚竹。煙銷日出不見人，欸乃一聲山水綠。回頭天際下中流，巖上無心雲相逐。」按：柳州蓋以漁翁自況。

其三

日出青松顏色鮮，山齋貝葉認西賢〔一〕。河東廣廈分明在，不與韓公爭道傳〔二〕。

【自注】

〔一〕　柳州〈晨詣超師院讀禪經〉詩云：「日出霧露餘，青松如膏沐。」又云：「閒持貝葉書，步出東齋讀。」

〔二〕柳州於儒、釋、道三教蓋兼容並包，各有所取，視韓文公之專欲傳孟子之道統，其識量固自有別。

秋日坐雨

風光流轉感依違〔一〕，人世可言新覺稀。舊境如煙和夢過，慣看秋雨打成圍。

【自注】

〔一〕杜少陵〈曲江二首〉：「傳語風光共流轉，暫時相賞莫相違。」

儀女哲兒今年得順利升學內子子惠之力爲多

羣兒爭險道，儀哲得天和。尋勝每孤往，持家賴汝多。

養春近來屢遊大陸次數之頻蹤跡之廣爲朋輩第一

悲歡往事倦重尋，漸覺繁霜兩鬢侵。一杖飄然山海去，年來遊興轉深沈。

賦得楊花

二月楊花作麗春，橋頭隄上往來頻。小園一夜狂風起，吹落西家愁殺人。

記夢

印階花影因風亂，繞殿烏衣向日飛，浩浩陰陽何可說，涼宵空得夢依稀。

往事三章

其一

春來羣卉綻香苞，假得異書親手鈔〔一〕。牽累峨眉山裡鳳，直將蕉葉作甘肴。

【自注】

〔一〕一九五九年頃，余就讀臺中師範，其時出版業尚不發達，外版書尤不易得，亦尚無影印複印機器。嘗假得唐君毅先生《道德自我之重建》及牟宗三先生自傳手稿，讀而好之，遂手自鈔寫。前者並蒙學妹張月鳳協助鈔寫一部分。

其二

山居留飯及春深，大度風高數謁臨〔一〕。宋論船山真卓見，百年興廢獨沈吟〔二〕。

【自注】

〔一〕一九五九年頃，牟先生在大度山東海大學講學，嘗數趨謁請益，並蒙多次留飯。

〔二〕時牟先生方披閱王船山《宋論》、《讀通鑑論》諸書，嘗對小子有所開示。

其三

千載真儒不可尋，黃岡發聵振奇音。中宵負去如何說，耿耿私衷直到今〔一〕。

【自注】

〔一〕一九五九年頃，嘗從牟先生處假得黃岡熊十力所著《原儒》一書歸讀，書為線裝初印本，其時為臺灣僅有數部之一，甚為難得。不意一夕忽然失蹤，遍覓不著。此事雖蒙牟先生俯諒，然余私衷則迄不能無耿耿。

往事二首爲政通先生壽即呈政通先生

其一

向來蕭瑟賴匡扶，高柳橋邊有菀枯。留得天心皓月在，回頭風雨一時無〔一〕。

【自注】

〔一〕東坡〈定風波〉詞云：「回首向來蕭瑟處，歸去，也無風雨也無晴。」余讀而甚愛之，曩曾蒙壯為丈鐫成細朱文閒章。今用以壽先生，意先生必能俯鑒其情也。

其二

不必執經親教授，和風清穆足移人〔一〕。即今滄海揚塵後，沙暖泥融猶是春。

【自注】

〔一〕余未嘗親受教於先生，然而自一九五九年獲識先生以還，數趨謁請益，所得獨多，不亞於受業之師。

讀石禪師跋太希老人書蘄春黃季剛先生詩卷

詩旨文心發妙諦，華岡陂樹鬱婆娑〔一〕。錯翁書卷憑題尾，甥舅同門勝事多〔二〕。

【自注】

〔一〕師曩年在華岡講授《詩經》、《文心雕龍》二書，余曾前往聽講。

〔二〕師與太希老人為甥舅，又同為蘄春門下士。

正浩師講學漢城詩以問安

小學翼經真坦途，丘明勝義仰開敷〔一〕。年來木鐸揚遼海，可有傳衣六祖無〔二〕。

【自注】

〔一〕　師在大學講授《文字學》、《左傳》諸課程，後者並有專門著作多種。

〔二〕　師嘗先後三次赴韓講學。

題彭醇老自書詩卷　二首

其一

山陰古道峙鵷鸞，雅調醇翁每獨彈〔一〕。論藝談詩書札在，晴窗時復一披看〔二〕。

【自注】

〔一〕　醇老行書取徑於山陰，尤得力於《聖教》一序。

〔二〕曩曾承靜農丈及太希老人各以醇老一札見賜。又嘗從舊書鋪購得醇老致梁寒操書札數通。

其二

清詠聲高浮斗牛，江西才子倚瀛洲〔一〕。從來氣類通哀樂，香宋秋明皆勝流〔二〕。

【自注】

〔一〕醇老江西人，詩學宋甚有心得，衍清季同光一脈。

〔二〕卷中詩有〈壬午上巳香宋老人約遊烏尤寺〉、〈如昨行次韻尹默〉、〈次韻答旭初〉、〈贈纕蘅〉等題，所與唱酬，皆抗戰前詩壇一時之選。

追念胡蘭成先生　四首

其一

書生爭敵盜莊拳，逐鹿閒情空著鞭。地覆天翻公亦老，山河歲月故依然〔一〕。

【自注】

〔一〕先生著有《山河歲月》一書，觀照歷史，極有慧解。文字亦別具風格。

其二

草山堅臥屏將迎〔一〕，英氣他年付雨聲。多少人間兒女事，今生今世說分明〔二〕。

【自注】

〔一〕先生晚歲應張曉峯先生之請，回國在華岡講學。余以早年讀其《山河歲月》一書，深為欽仰，因得謁見，並有書信往來，據所存甲寅年十一月三日賜函，有「此地生活多有未習慣，惟覺學術空氣閉塞，故亦不與誰交游。」等語。

〔二〕先生著有《今生今世》一書，嘗蒙以日本初印本見贈。書為先生自敘平生之作，其中於先生與張愛玲女士之交往始末敘述頗詳。

其三

二月胡村花事好，瓦崗人物渺雲煙。愛才今日非他日，默聽〔一〕時賢議昔賢〔二〕。

【自注】

〔一〕聽字讀去聲。

〔二〕先生身後，海內外議論頗為不齊。

其四

啼鳥風花成遠遊〔一〕，白雲猶是漢時秋。天壤雙璧昭然在，舊境重尋我欲愁。

【自注】

〔一〕先生所著《今生今世》一書中有《風花啼鳥》、《遠遊》等子目。

讀許疑庵先生詩　三首

其一

秋花秋淚愁無極〔一〕，黃歙詩翁語甚奇。談笑昌黎徑入室，抗行東野失尊卑〔二〕。

【自注】

〔一〕　先生歙人，有〈秋夕偶書〉五古云：「秋淚不易滅，入土化為花。為花亦何事，香遍秋人家。今香如昔香，誰復愁天涯。今花非昔花，彌使人歎嗟。咨嗟莫滴淚，又恐淚生芽。」

〔二〕　先生五古幽深奇峭，出入韓、孟，而自具面目。

其二

杭歙途中選石床〔一〕，新安江上潑嵐光〔二〕。江南麗景皆公有，怪底詩情撲面涼。

【自注】

〔一〕　先生有〈由杭歸歙途中雜詩五十五首〉，其中有「憶坐梅坪選石床」之句。

〔二〕　先生有〈新安江雜詩五首〉，其中有「山山濃黛潑嵐光」之句。

其三

鴻飛冰上兩心同〔一〕，別圃吾師及見公〔二〕。巖穴他年訪舊跡，黃山三日太匆匆〔三〕。

【自注】

〔一〕謂黃賓虹。虹叟與先生為至交，又同為歙人，有齋名曰「冰上鴻飛館」。

〔二〕茝原師〈許疑庵先生遊黃山詩〉後記云：「戊寅、己卯間，余嘗侍先君數謁先生於眠琴別圃。」按戊寅為一九三八年。

〔三〕先生家近黃山，故黃山為其常遊之處，有遊黃山詩八十餘篇。余於庚午之歲亦曾一遊黃山，躬見雲海之盛，惜前後只三日，未能窮盡其奇，為可憾耳。

春貴兄贈盆栽數事

文心抽繹見深功〔一〕，小事田桑亦屢豐。最是杪秋蕭瑟處，當階幾朵作春紅〔二〕。

【自注】

〔一〕兄精研劉彥和書，其碩士論文為《文心雕龍之創作論》，嘗見詹鍈《文心雕龍義證》屢引其說。

〔二〕所饋盆栽中有孤挺花一種，花正盛開，清艷獨絕。

辛未十月廿四夜讀《左傳》僖公二十七年暨二十八年傳

剛而無禮以臨民，連穀得臣終殞身〔一〕。說與旁人莫悵惘，賈言千古尚如新。

【自注】

〔一〕《左氏》僖公二十七年傳：「蔿賈對曰：『子玉剛而無禮，不可以治民。過三百乘，其不能以入矣。』」按子玉即楚令尹成得臣，僖公二十八年城濮戰敗，自殺於連穀。

人情

人情厭捭闔，天氣愛涼秋。徙倚斜陽裡，青山徧入眸。

棟財弟墳上作

有弟頗挺出，嶷然博親歡。阿兄久宦食，門戶恃照看。一夜簡書至，束裝赴戎次。展轉便金門，海上風景異。兩月接凶耗，言汝戢厥翅。訇然天地翻，何以有此事。尋汝前日書，辨詳書中意。但言寡儔侶，孰信忽凋瘁。不敢令親知，悲抑強忍淚。奔走問消息，情實如雲翳〔一〕。阿兄真無能，彷徨竟無計。空得骨灰罈，哭汝聲淒厲。憶汝少小時，敦龐寡言辭。寒門生計拙，赴事不遲疑。弱齡刈草去，傷足暮來歸。臥床過半載，幸遇彼良醫〔二〕。進學知勉勵，青眼頗得師。淡海濤浪湧，春草亦離離。欲進而反退，奉親作飾辭。總為貲費重，貧家多可悲〔三〕。仲兄多不檢，嗜賭負巨資。變賣盡薄產，用以解其危。我自有微祿，惟汝無宿棲。當時雖不語，汝心琴姊知。問姊假一室，此言有餘淒〔四〕。男兒志四海，手足相因依。春水終共濟，逵道得驅馳。汝意兄能會，作計抑太癡。自汝棄親去，新陽頻改故。阿母思念爾，哭泣輒無度。慟積成恍惚，便欲尋汝處。四望何所有，空撫墳上樹。誰能起九泉，阿兄實無助。人事不可量，但恨多謬誤。仰首發悲歌，天道竟若何。

【自注】

〔一〕弟歿〔一〕於一九七八年七月十一日，先是，軍中訃聞死亡原因為自殺，後經追詢，又改稱係執行衛兵勤務時槍走火負傷死亡。

〔二〕弟弱齡時以刈草傷足，右後腳筋斷絕。住院經西醫幾度手術縫接無效，瀕於絕望。後幸經人推薦苗栗某傷科醫師以草藥敷治，半年竟癒。

〔三〕弟自臺中一中畢業，考上淡江數學系，以奉親為辭，放棄而不就學。雖經多方勸說，不為所動。設爾時進淡江就讀，當不致有後來之事。執意不回，思之但有惋傷。

〔四〕此事余時未有所聞，當弟歿後，始聞琴妹提及。琴妹於棟財弟為仲姊，適嚴。

【編者注】

〔一〕《雲在盦詩稿》原作「沒」，應作「歿」為是。

題章太炎先生書軸　二首

其一

睡起春陽透碧紗，傍窗留得數行斜。餘杭別有千秋業，國故論衡書一車〔一〕。

【自注】

〔一〕先生究心古學，著述如林，其中有《國故論衡》一種。

其二

不穀緩言言急僕〔一〕，吳娘映日總歸泥〔二〕。白頭誰信窮經叟，早歲風雲驕馬嘶〔三〕。

【自注】

〔一〕　先生言國君自稱「不穀」，猶言「僕」，緩急異言耳。見《春秋左傳讀》。

〔二〕　先生討治古音，嘗有〈娘日二母古歸泥〉一文，收《國故論衡》中。

〔三〕　先生早歲嘗參加革命。

辛未十月廿五日作

明妃圖象已非真，如沸羣言孰主賓。海立山飛風景惡，佛陀龕裡亦愁顰。

讀黃晦聞先生詩　三首

其一

花前負手意深微〔一〕，朝報燔餘掩晝扉〔二〕。白露蒹葭詩句老〔三〕，江山如此夙心違〔四〕。

【自注】

〔一〕先生有〈答秋湄書意〉七律詩，篇中有「負手花前意自深，晚秋蟬吹久銷沈」之句。

〔二〕先生有〈閉門〉七律詩，篇中有「閉門聊就熨爐溫，朝報看餘一一燔」之句。

〔三〕先生齋館名為「蒹葭樓」，取《詩．秦風．蒹葭》篇意，此詩前儒或以為慕賢之作，或以為慕情之作，先生蓋採前說。

〔四〕知堂老人言先生憤世疾俗，覺得現時很像明季，為人作書，常鈐「如此江山」一印。

其二

閱世真知世路艱，聊從辭國現斑斕。君看詩律精微處，何似半山同後山〔一〕。

【自注】

〔一〕先生之《蒹葭樓詩》出入半山、後山二家，而清夐殆欲過之。

其三

主講上庠三十秋，亭林襟抱與推求〔一〕。南朝漢魏詩箋在，翰海求心意每投〔二〕。

【自注】

〔一〕先生執教南北各大學數十年，一九三四年秋季在北大講授顧亭林詩，感念佇昔，常對諸生慨然言之。

〔二〕先生有《漢魏六朝樂府風箋》一書，箋釋精詳，余年來在師大講授樂府詩，此書為主要教材之一。

互為

互為賓主陛階前，堅竹虯松共一天。如火杜鵑彌澗谷，看花情態轉茫然。

念家明兄

鄭子三年事每乖〔一〕，交春雨露便調諧。萱堂昨日清言裡，猶說鵷雛五里牌〔二〕。

【自注】

〔一〕兄曩歲遇車禍，今已漸痊。

〔二〕兄為余初中同窗，爾時往來甚密，事隔三十餘年，家母猶能記之。其舊居在大甲鎮北郊，舊名五里牌。

自所居赴師大途中遇雨口號

雲鶴翔千里，潛龍寄一湫。金華接麗水〔一〕，風雨每盈眸。

【自注】

〔一〕所居在永康街，赴師大授課常往來金華街及麗水街。

憶北國李花 二首

其一

亭亭露井絳桃傍〔一〕，拋卻胭脂作淡妝。月裡雲中虛結慕〔二〕，未妨惆悵是清狂〔三〕。

【自注】

〔一〕　漢無名氏〈雞鳴〉古辭：「桃生露井上，李樹生桃傍。」

〔二〕　李義山〈子直晉昌李花〉詩：「月裡誰無姊，雲中亦有君。」

〔三〕　李義山〈無題〉七律云：「直道相思了無益，未妨惆悵是清狂。」茲借用其句。

其二

沈醉東風最可憐，山圍水碧作胡天。不須開到十分滿，五六分時已惘然。

追念屈翼鵬先生

先生鯤化去，蹤跡渺難尋。文字商初義〔一〕，詩書見夙心〔二〕。高山春氣暖〔三〕，梁木恨思〔四〕深。忍淚十年外，今秋感不任。

【自注】

〔一〕先生著有《殷虛文字甲編考釋》一書，研考文字之初形本義，時有創解。

〔二〕先生精討《詩》、《書》、《易》，著有《詩經釋義》、《書經釋義》、《先秦漢魏易例述評》等書。

〔三〕余於一九七〇年至一九七五年間，曾先後聽先生講授「先秦文史資料討論」、「中國經學史」、「周易」等課程。

〔四〕思字讀平聲。

追陪天成師木柵茶亭坐雨即呈同遊學波慶萱明德弘治信雄春貴諸教授暨夫人　三首

其一

小室茶甌暖，歡言見道尊。窗頭風和雨，世事不堪論。

其二

白雲多變幻，入眼眾山移。帶雨巖旁樹，秋花亦甚奇〔一〕。

【自注】

〔一〕時當杪秋，乃見巖下一桃樹綻花數朵，濕紅可憐，信蓬瀛地氣之暖，無間四時。

其三

天氣分晴雨，人情惜酒杯。為看依嶺日，攜手待重來。

井星伉儷過談談次偶及明末舊事遂至夜深　二首

其一

百萬精兵盡委蠻，海天何處是雄關。自從望帝生翎後，夜夜悲鳴淚有斑。

其二

坐看滄海欲揚塵，漸老弟兄情轉親。待到天翻地變後，相攜何處可逃秦。

秋堂獨坐有懷鶴山礽乾敬五寅初諸舊友韓國

獨坐秋堂靜，引毫時一揮。閒愁畫裡隱，舊境夢中歸。歲曆偕人老，同心與我違。堂前雙燕子，向日故飛飛。

秋深偶成五言四句二章示耀郎賢友意耀郎必能識其情也

其一

鱗物行雲雨，於菟守一丘。身將心俱懶，畫裡得優遊。

其二

玄海波濤壯，秋風鸞雀高。花前聊負手，夕日滿林皋。

久未謁仲磨夫子詩以問安時辛未重陽後十日也 二首

其一

物論滔滔不可支，滿城風雨想吾師。年來俗惡傷心目，賴有黃花振晚奇。

其二

體勢悲盦愧見許〔一〕，鍾劉元白發幽光〔二〕。交親何范風流遠〔三〕，接得詩人一紙藏〔四〕。

【自注】

〔一〕師嘗謂余書法體勢近趙撝叔。

〔二〕謂鍾嶸、劉勰、元稹、白居易。師曩年在師大主講「中國文學理論研究」課程。

〔三〕謂何遜與范雲。借指師與詩人周棄子先生。棄子先生已辭世。

〔四〕師嘗為余代向周棄子先生求得自書詩軸一幀。

贈鵬程棣二絕句

其一

分寧詩法鬥奇兵〔一〕，人物江西掉臂行〔二〕。醇老錯翁今已矣，眼中吾子快平生〔三〕。

【自注】

〔一〕謂黃山谷。山谷，分寧人。

〔二〕司空圖〈力疾山下吳村看杏花〉詩：「掉臂只將詩酒敵，不勞金鼓助橫行。」

〔三〕彭醇士先生及太希丈皆江西人。鵬程亦江西人。

其二

高歌淡海氣淩雲，麗水街頭幾夕曛〔一〕。秋雨秋風經歲事，花前漫許愴離羣。

【自注】

〔一〕鵬程舊嘗賃居麗水街。

青山

青山亂疊孰晴明，矮子隨人作笑聲。一自屈平龜卜後，廚頭瓦釜便雷鳴〔一〕。

【自注】

〔一〕屈原〈卜居〉：「世溷濁而不清，蟬翼為重，千鈞為輕；黃鍾毀棄，瓦釜雷鳴；讒人高張，賢士無名。」

余以近稿就正國良兄承國良兄酬詩二章步韻奉和

其一

海上尖山爭供眼，閒愁如醉漫裁詩。少年餘習除難盡，秋月春花入夢思。

其二

碑版多君友古人，身中四大總非真〔一〕。洗心憂患如山立，出手清圓更有神。

【自注】

〔一〕《四十二章經》二十：「佛言身中四大，各自有名，都非我者。」

附原作

方考釋碑誌接秋雄兄寄示雲在盦詩琳琅滿目愧而有酬　葉國良

其一

少時不解人間事，為愛清詞強作詩。憂患洗心如止水，一碑一誌寄情思。

其二

少時夢想作詩人，情到深時反不真。難悟人間真偽事，古文奇字寓精神。

樹衡兄書聯見貽賦謝

筆走龍蛇妙有情，多君藝海合雄兵。千聯雅號吾何敢，留與謝家誇谷盈〔一〕。

【自注】

〔一〕上款稱千聯堂主人，非所敢當。且此間已有人以此為齋號。

到眼

到眼裙裾每出塵，風流莫說隔千春。年來蝸角觀蠻觸，漸覺今人勝古人。

企園老人挽辭三章

其一

個師偷得寸心知，自寫真容綴小詩〔一〕。雙石瓣香成獨往〔二〕，敦南路口夕陽遲〔三〕。

【自注】

〔一〕老人為吳昌碩弟子，其畫除傳師法外，更旁採齊翁、雪個，能得其神。嘗於庚申冬自畫小像，徵題於龍坡丈人，忘漸老人及雨盦、善禧二師，鯫生亦蒙青眼。老人自題

「賊相」二字，並綴詩以自嘲，詩云：「老而不死猶做賊，欲偷雪個筆和墨。歲歲年年磨又琢，費盡腦力與心力。六十餘年偷不完，旋得旋失終無得。剩欲地下起缶公，細論清畫解我惑，毋令久久猶做賊。」

〔二〕老人堂號曰雙石草堂，蓋取瓣香吳倉石及齊白石之意。

〔三〕老人舊廬在敦化南路。

其二

憚於鉤注神於瓦，老去莊生與往還〔一〕。案上數行猶在眼，山河頓邈淚如斑〔二〕。

【自注】

〔一〕老人晚年喜讀莊生書。

〔二〕丙寅之歲十一月八日，老人以書見抵，其中有「頃讀《莊子・達生篇》，以瓦注者巧，以鉤注者憚，以黃金注者殙，為外重內拙之意。然坊間諸本注釋不一，鄴架必有善本，乞於清暇將此數語查釋見示，以資印證為盼。」等語。

其三

蒲萄滿架粒皆圓，石鼓高歌欲薄天〔一〕。一自印心丹室後，吳門絕藝竟東傳〔二〕。

【自注】

〔一〕老人畫工於花卉果蓏，書寫石鼓。

〔二〕老人有韓籍弟子印淳玉，頗得筆法。

題香宋老人自書詩軸

其一

唐帖臨餘又北碑，開張峻整挺英奇〔一〕。歌辭書簡傷零落〔二〕，寶得數行時一窺。

【自注】

〔一〕香宋初為帖學，後習魏碑，故其書峻整密栗，而又氣骨開張。

〔二〕香宋詩潑水立就，作品極夥，頗傷散落。所貽友朋書札亦多，今皆不易覯矣。

其二

春柳依依萬里橋，唐神宋貌自嬈嬌〔一〕。風人散朗今希見，香宋端宜仕六朝。

【自注】

〔一〕老人五七言近體，神思妙運，而出諸自然，耐人尋味。

其三

春雨少陵紅濕花，桃箋錦里舊繁華〔一〕。如今世變滄桑後，猶有撩人詩婢家〔二〕。

【自注】

〔一〕香宋，蜀人。杜甫在蜀有〈春日喜雨〉詩云：「曉看紅濕處，花重錦官城。」

〔二〕「詩婢家」為筆墨莊，庚午冬遊蜀，曾與宜魯一顧臨之。「詩婢家」招牌三字猶是香宋老人手跡。

讀胡小石先生詩卷

槐枏詠盡又綸絲，杜宇聲聲日色遲〔一〕。遇亂人間無可說，漫從禽木賞幽姿〔二〕。

【自注】

〔一〕　卷中詩有〈刺槐〉、〈枏以春時落葉色如丹〉、〈釣絲竹婀娜有垂柳之容〉、〈子規〉等題。

〔二〕　卷末跋語云：「來白沙，鎮日但詠草木鳥獸耳。」

觀棋

其一

局中贏得莫愁歸，韻事千年久歇微〔一〕。松月虛窗秋夜永，雁行魚陣漫成圍。

【自注】

〔一〕　舊傳明太祖與徐達對弈，徐勝，乃以莫愁湖歸徐。

其二

白黑磐峙本相當，一著差池支應忙。風雨悲歌失右角，分圍漸看覆中方。

其三

三子何妨讓謝公，能伸能屈自英雄。吞吳那有苞桑計，坐令曹瞞笑地宮。

其四

輪番出手各成行，玉局猶堪角百場。勝敗尋常君子事，道爭相叱太荒唐〔一〕。

【自注】

〔一〕《史記・刺客列傳》：「荊軻遊於邯鄲，魯句踐與荊軻博，爭道，句踐怒而叱之，荊軻默而逃去，遂不復會。」

詠橘

南國有嘉木，炎夏結曾陰。入秋垂霜實，青黃鬱成林。逸少纏綿意，涪翁故園心。屈平慕精白，子壽慨重深。獨立而不移，淑離而不淫。脩慎類有道，秉德良可欽。願天銷兵鐵，羣生同欣悅。炎州連洞庭，此樹得森列。家家薦春盤，歡然共佳節。

歲闌憶鄭懷亭先生遂以代簡

優游翰墨壯心融，萬里水雲懷鄭翁。磨劍十年成底用〔一〕，窗頭慚愧事雕蟲。

【自注】

〔一〕韓國鄭文卿先生號懷亭，儒雅多識，善篆刻及八法，其篆刻取徑白石老人，而自具面目。庚申之歲，先生嘗為余作「雲在盦」、「十年磨劍」諸印，日月徂逝，距今忽忽便十三年矣。牖下書生，故態依然，寧不感愧！

冬晴與諸生同作　八首

其一

蓬壺地氣暖，冬樹綠猶滋。雙雀窗前語，商量及歲時。

其二

冬日實娛人，翺翺聊適志。偶過小荷塘，佇看羣魚戲。

其三

訪勝成孤往，寒花寂歷疏。斜陽如有意，流水亦徐徐。

其四

明窗讀晉楷，識得書中趣。一字一如來，森然萬法具。

其五

深居過雨後，午夢覺來時。茗碗清塵肺，吞聲讀楚辭。

其六

沈沈人定初，對客傾佳釀。客去獨觀書，緬然千載上。

其七

遠山含爽氣，塵海著閒身。坐對堂前燕，偶然成主賓。

其八

立朝勤廟略，執轡不遑居〔一〕。等是人中鳳，我終憐子餘〔二〕。

【自注】

〔一〕首句謂趙盾，次句謂趙衰。

〔二〕《左傳．文公七年》：「酆舒問於賈季曰：『趙衰、趙盾孰賢？』對曰：『趙衰，冬日之日也；趙盾，夏日之日也。』」趙衰字子餘。

戎庵畫竹　三首

其一

潑水新詩世味熟，清才今日數戎庵。晴窗吟罷還栽竹，貞幹亭亭露氣涵。

其二

羅公畫竹拂雲嵐，題句吾師意興酣〔一〕。爭得山嵇起地下，晴朝月夜與清談。

【自注】

〔一〕 茉原師題句及徽之看竹事。

其三

移來嶰谷兩三年，碧影搖窗鬥歲寒。筆墨分明參喜怒〔一〕，尋常莫作畫圖看。

【自注】

〔一〕 昔人謂怒氣寫竹，喜氣寫蘭。

選戰

齊趙擁旌麾，戰國風雲亟。傳檄遍四方，詖辭識其惑。不動堅如山，市井各守職。蓬壺日月長，勝負未可必。但當布大公，紆轡終非吉。從來能和民，在德不在力。

雲在盦詩續稿

辛未辭歲口號

巖阿有槁悴，歲月暫推遷。天命恢難及，怊忽想昔賢。

癸酉歲旦

雞鳴天下白，海國又逢春。宿雨迷遙嶂，緒風含翠筠。騁衢驚絕足，得味誇閒身。節物能相媚，陶然遺世棼。

伯元夫子六十嵩慶獻辭

先生勤恪士，薪火接蘄春。傳道尊聞見，審音析齒唇。名山藏鉅業，餘事作詩人。欣值辰初度，奉觴邀一嚬。

甲戌歲旦攜眷偕友人遊蘭陽取道北宜山景可愛冬山河公園修治甚整尤愜人意歸來賦此以示同遊諸君子

元日攜妻孥，驅車蘭之陽。岡巒盡蛇勢，道花送異香。清興因諸子，解衣試溫湯。肴核間酒醴，清濁兩不妨。翱翔地熱谷，周旋吳公鄉。聽水愛暖日，溪畔選石床。草際識生意，穿竹鬢眉蒼。平生耽丘壑，歲月去堂堂。人情欺近廟，愧同慕外方。來者猶可及，行歌有楚狂。

清明

茗甌新瀹柳條舒，踣倒緅前一笑餘。歌舞滿城都似夢，獨留元老一編書。

甲戌暮秋有懷無相老人

杪秋悲零落，花時一愴神。劇憐無相老，六載在荒榛。從來貴適志，傲然不為臣。詎煩覆被臥，浩歌驚世人。明窗寫高士，飄逸自出塵。以茲遊徼內，萬物成主賓。不仁者天地，鉅細付陶甄。清言常如在，感此平生親。

苦旱

夏日欲鑠石，秋霖亦愆期。亢旱亙六月，舉國望雲霓。草木失光澤，山容不成碧。良畝九萬頃，坐看起龜裂。亦有扶搖風，迎面不相逢。數點潤街雨，何堪厭喁喁。天道有失行，惟當臨以敬。春秋歷時書，憂勤得厥正。東坡判鳳翔，八觀發輝光。磻溪問釣叟，儒城攲枕據僧床。似聞興訛語，荒誕詎可主。在昔聖所訶，況今百事敘。丹楓映遼天，儒城聚群賢。妙言飽啖水，幽旨蘊莫宣。蕭蕭忽入耳，老農夜半起。開門望虛空，但見明月似潑水。

清流二首

其一

濁水疑清清似濁，真源不睹強區分。風人託寄堂堂在，猶有元朗樹異軍。

其二

江漢東流逝不窮，浪花如雪欲摩空。此中沙石知多少，合問西林題壁翁。

乙亥歲旦

靈澤被八區，歲星又改步。一夜聽爆仗，春風入庭樹。和墨圖鍾生，張門厭所惡。稱引柏葉觴，貞吉與同住。天地供俯仰，細民欣其遇。去此將安往，廢興有定數。共惜炎方景，蘭芷勤呵護。郊坰時一窺，山碧起沈思。

雨盦夫子七十嵩壽頌辭

吾師澹泊者，行止任天真。抱樸觀秋水，持盃愛古人。詩心清勝雪，隸筆妙如神。仁壽於今驗，溫顏最可親。

園樹五題

柳

娉婷含曉日，翠色上羅裾。無限風流意，張君恐不如。

椰子

干雲而直上，昂首向南天。瓊液蠲煩暑，熏風動管絃。

菩提

舒紅與綻綠，等是鬥年華。憑語悲秋客，漫興搖落嗟。

榕

鬚長欲入地，每倚社公尊。蒲節炎方日，家家以飾門。

相思樹

尋常巖上樹，愛汝有佳名。咫尺更千里，娟娟眉月生。

乙亥秋日與諸生遊草嶺古道

從來形勝地，古道入深蒼。偶見鷹雕翥，時聞橘柚香。弄泉成小憩，晞髮起秋陽。丘壑堪終老，漫言移柘桑。

丙子立春後四日與明德俊彥春貴淳孝埈浩圭甲明學諸教授同遊海印寺是日大雪二首

其一

春臨海印寺，風景久相違。飛雪呈空相，紛紛墮客衣。

其二

八萬藏經版，佛心知何處。山泉流不窮，各飲一瓢去。

丙子早春與明德俊彥茂一淳孝春貴諸教授同遊母嶽山金山寺

古剎金山寺，蕭蕭枯樹林。遼東三尺雪，松下結同心。

丙子春偕內子重遊慶州佛國寺贈性覺法師二首

其一

佛國原無界，隨緣到海東。齋堂飫法食，心性證圓融。

其二

泠泠曹溪水，新羅一派深。虯松相識在，為我作龍吟。

丙子春偕內子重遊雪嶽山權金城距上次之遊蓋逾十年矣山上咖啡屋小額曰山不若心山故有首句

山危孰若心，對此一沈吟。石上求前跡，渺然不可尋。

丙子早春遊忠南大屯山口號是日山上堅冰凝結微雪時作

名同實不同，霏雪有無中。已諳堅冰險，由他笑頹翁。

重過忠南大學外籍教授宿舍

雀小肝腸具，蝸廬萬里身。遼雲不作雨，法酒每沾脣。天遠愁危嶂，宵長思古人。堂堂十歲事，回首尚如新。

遼東月

太上無情未可及，山花山鳥自相親。不堪雪月交輝夜，負手遼東一旅人。

國威賢友得漁叔師題曾文正公家訓一葉敬綴二絕猶憶壬子之歲先生臥病臨沂街寓所予前往視疾時予方新婚先生嘗有俟疾小瘥爲寫

梅花以賀之語事在二十年外思之增感故次章末句及之

其一

曾侯庭誥比璠璵，儒帥風流事不虛。鐵馬金戈白日盡，寒宵秉燭一編書。

其二

詩如瓊玉復如霞，風義師門自可跨。劇憶臨沂深巷裡，病床猶許寫梅花。

雁蕩山中二首

其一

辭人老去例隨緣，身在閒雲遠近邊。但覺群峰無臥石，爭知有水盡飛泉。

其二

山水移人數永嘉，侈言謝客擅才華。倔強猶有靈峰石，不逐春風作筆花。

丙子八月與蕁波清河二兄同泛舟太湖

兄弟相攜作遠遊，披襟聊快五湖舟。當時鼓枻人何在，蘆荻蕭蕭空自秋。

碧潭懷舊

南北環潭路，他年印屐深。搴蘭傍滸渚，采藥入崎嶔。舟泛茶甌暖，橋憑夜氣沈。同遊有戢謝，慷慨不能禁。

題劉旦宅先生繪天隨子煮茶讀經圖

詩人種茶自品第，顧渚山下千百區。永嘉劉侯仰高韻，騁筆染就煮茶圖。清泉潑乳須活火，掌扇童子意睢盱。詩人倚樹手一卷，松間端合窺道書。涼風生兩腋，東山淡欲無。鹿門居士朝有信，明日相約泛五湖。

子仲兄先後爲治好夢奈何二小章皆朱文極精

子野聞歌喚奈何，深情一往感人多。分朱布白真能事，好夢相將入隱窩。

曩歲夜飲於北京頤和園之昆明湖有彈琵琶助興者近蒙允執兄追憶成圖爲贈

月滿平湖霜氣清，琵琶鬟髻最關情。丹青曲寫春風怨，指上如聞塞外聲。

丙子冬日與井星兄伉儷大安公園散策是日蒙以新採柑橘相遺故結聯及之

萬丈紅塵裡，偏憐此地幽。園柯欲葧茂，池羽自沈浮。腰腳誇君健，因循笑我優。分柑懷逸少，不覺歲時遒。

丙子冬日與師大國研所新竹班諸君子同遊苗栗仙山陟其峰頂而返

清沂如可逮，隨分起遨翔。翠筠憐南國，丹楓憶朔方。振衣憑嶂石，曝腹藉蘭床。詎有苞桑計，頹然揮一觴。

坤堯自港來函云久不作詩但默觀時運而已感賦

主社黃山谷，無詞酬好春。憑將勘律眼，坐對海揚塵。

丙子仲冬偕德修坤堯武志諸教授與師大國研所宜蘭班諸生同遊棲蘭山神木園區樹皆依其年歲命以先賢之名有孔子司馬遷諸葛亮陶淵明李商隱歐陽修蘇東坡之屬

多少傷時意，飄然一杖中。喬柯傍曲徑，黛色洗寒瞳。閑靜仍元亮，恢奇是史公。分明遺烈在，自昔仰高風。

蘇東坡神木

寒岡獨立數過人，等是虛空夢幻身。浮海坡仙應有意，西湖不似舊時春。

明池山莊早行

霧披巖谷似輕紗，板檻高低一徑斜。寒鷲冰池豁老眼，瀆人清聽是晨鴉。

題坤堯兄所藏心畬先生古木幽巖圖二首

其一

王孫千載士，憂憤託丹青。猿鶴寧無意，魑魈亦有經。雪飛憐皎潔，木槁恨飄零。庾謝不能作，孤懷浮斗星。

其二

誰移西嶺松，空際起虯龍。要作知時雨，來舒倦夜容。重崖石偃蹇，幽澗草蒙茸。一杖尋雲去，山深何處蹤。

宜蘭道中

屋舍儼然桑竹圍，更從何處覓漁磯。芒花到眼渾如雪，不逐楊花撩亂飛。

與八六級師大國研所宜蘭班諸賢會餐於牛鬥果園時方仲冬而園中桃樹已有作花者

桃花籬外兩三枝，擁被太真微醉時。不是天公弄狡獪，炎方草木自能奇。

多美早起散步檢得道旁欖仁樹葉焙製爲茶屢煩寄賜率賦小詩

五更羅襪起清塵，認取辭枝風露新。焙罷時時蒙遠寄，三盅志氣已如神。

鶴山教授先後以所編韓國及日本詩話叢編見寄

秋明囊作驚人語，流傳詩話總須刪。力爭此言非公論，前有郭君今鶴山。郭君爬梳存兩宋，鶴山博洽周日韓。風雨名山幸及我，巨帙遠投雲在盦。爾來我心恆不樂，展卷欣對祕府篇。文章巧拙亦細事，得意聊為一開顏。浮生百年殊草草，鯤鵬逍遙莊生譚。翻憶儒城飛花日，岸幘相從丘壑間。禽鳥多相識，湖畔雙翠鬟。何時更歸去，朗月清風與周旋。

靈漚師仙逝忽忽便逾一年矣感賦

尋雲塞上去，先生返旆遲。坐令文墨苑，遽失大宗師。五絕風流遠，三臺桃李滋。風搖絳帳冷，回首不勝悲。

豐臣秀吉絕句和歌云生如朝露逝若露消吾生浪花事夢中又重尋戊寅暮春余遊大阪城觀其遺墨感賦小詩

大地龍騰興未闌，草頭已見露團團。悲歡榮落渾如夢，回首平生一惘然。

論詩絕句十二首

論古詩十九首

游子行行不顧返，南箕北斗亦何為。風人末世多哀怨，永夜虛窗有所思。

論舊傳李少卿

攜手踟躕幽恨生，酒樽聊欲結恩情。從來才命相為敵，愀愴豈惟李少卿。

論曹孟德

蒿里薤露傷時亂，對酒當歌見霸心。魏武凌雲有健筆，方諸鄭曲未知音。

論曹子建

佳人南國傷遲暮，黃雀野田入網羅。感憤多存骨肉際，雲泥異勢動高歌。

論王仲宣

遭亂才人適楚蠻，方舟沿泝氣如山。悲而不壯吾能說，捷密無如體氣孱。

論蔡文姬

漢季失衡開戰端，飛潛水陸各傷殘。文姬血淚分明在，莫作尋常筆墨看。

論阮嗣宗

巾車獨駕哭途窮，沈醉芳醪二月中。休笑郎君頹放甚，清宵外野叫孤鴻。

論左太沖

杖策荒途招隱士，鉛刀夢想騁雄圖。瑰辭自鑄攄胸抱，領袖太康良不誣。

論張景陽

肅肅邊風踐早霜，依依絲柳淚成行。叢林如束空形似，上漢猶需換骨方。

論謝靈運

嵇阮同流陶靖節，禪玄互證謝靈川。新聲麗典相弅會，燭照餘暉不計年。

論鮑明遠

孤鶻破霜秋水寒，西風落日客衣單。沈吟瀉水平坟句，始信人間行路難。

論謝玄暉

天際歸舟見性真，豈惟發句始驚人。使君遺澤城樓在，留與青蓮一愴神。

戊寅早秋與廷植哲州惠平重遊雞龍山東鶴寺前後遊此蓋已不能記其次數矣仍憶往歲冬日與淳孝子惠宙儀哲州堆雪人爲戲時事

九上雞龍日欲晡，來參東鶴古浮屠。潺湲仍是庵前水，堆雪當年憶得無。

讀海照遺墨

筆姿驚眼幻龍蛇，先德遺芳自可跨。詩禮諄諄頻告語，君家原是兩班家。

鶴山文庫作

四圍緗帙鬱沈沈，不斷薰風滌我襟。大筆如椽趙鶴老，愴時懷古一何深。

崔元圭教授招飲酒次因追憶旅臺時事遂及井星兄伉儷二首

其一

海東詞客蓬山雲，師大街頭幾夕醺。萬里重逢如夢寐，忘言相對一顏醺。

其二

十年聽慣暮江聲，興廢關天敢不平。樽酒不忘陳博士，騷人自古太多情。

戊寅秋與學主寅初圭甲長煥諸教授同遊春川酒次諧謔語及小室趣事歸途遂爲小詩以贈學主教授

儒雅移人追往修，何須小室始風流。飲酣能說當年事，四老儀型浮斗牛。

春川丹楓

羈旅情懷瑟瑟風，慰人能作淺深紅。持教脂粉無顏色，始信自然有化工。

郊步

一葉鏗然驚客心，仍將郊步抵登臨。石門劇憶環湖路，向日爭知入岫深。

與南明鎮教授會食南教授邃於易經

老去憐余作遠游，儒城落木又成秋。平生研易窺深趣，大海滄浪起一漚。

夜讀陳譯湖濱散記

索居強欲陟重岡，秋氣侵懷不可當。短燭欲尋湖畔路，無端卻作校書郎。

銀杏南國所無其葉呈扇狀爾來逢秋黃落階前道側所在成陣趙鶴山云取置書函中可驅蠹魚

兩月西風託客廬，辭枝紈扇恨離居。盈階卻寄二三葉，試向縹緗驅蠹魚。

戊寅之秋與禹埈浩教授伉儷同遊甲寺聽大慈庵高僧說法禹夫人云食白果過十粒能令人發狂而余是日食白果甚多

白果食餘神氣揚，乃聞逾十遺人狂。神僧解度群生厄，可有祛迷復性方。

朴永鍾教授邀宴宴後瀹碧羅春共約伽倻山之遊

說部入清呈晚妍，葉公遼海有薪傳。秋堂瀹飲西山綠，更向伽倻結後緣。

戊寅深秋與禹埈浩教授伉儷同遊大屯山

絕壁奇巖不可欺，雲橋欲度數遲疑。大屯秋色濃如許，楓火斜陽入夢思。

感事

道旁銀杏亭亭立，不復他年柳作行。莫訝十年風景異，人間何處不滄桑。

儒城每五日有集市每逢是日農商雲集於焉貿易有無邦人名之曰場

農商闤集物無窮，五日一場仍古風。亦有南州柑橘在，不須回首慕歸鴻。

校園閒步同行者朴美貞

秋聲噍殺後，滿目盡寒柯。蹬蹀岡頭路，衣襟夕照多。

明學過宿舍夜話言及少時情事有稻浪等語

少小情懷若可追，客廬茗話月輪移。平疇六月斜陽暮，最是風翻稻浪時。

與石光哲趙蓮眞姜玟女三生茗坐茶館壁上懸出土之古新羅女相殘拓題識有溫和的一句話是奇妙的香等語

顏開半面亦清揚，片語春風有妙香。一碗清茗勞遠客，簫聲幽咽太淒涼。

十一月十六日驟寒近午雪花忽作明日爲韓國大學入學聯考日據聞每屆此日必有奇寒歷年不爽

神道幽茫不可識，天人感應竟何如。陽烏半隱俄飛雪，名落孫山恨有餘。

廷植伉儷驅車導遊俗離山法住寺

高松古柏護招提，裘袷同來踏雪泥。僧侶三千共一鑊，道場從古冠湖西。

讀閔東喬遺墨及所刻自用印選其中有志潔故稱物芳小章

客思昏昏遽眼明，東喬遺札太崢嶸。史文鐫石豈無意，人物芳馨步屈平。

戊寅孟冬與權容華宋美玲鄭鶴順徐英貞重遊東鶴寺幾日驟暖寺前木蓮頗有含苞者

鐸魚聲動夕陽頹，踽踽僧尼自往來。怪底木蓮迷節候，含苞便擬向冬開。

成周鐸教授以冊葉囑題

冬庭野羽欲成群，木石為儔孰似君。曹洞傳衣偶一出，飄然不羨嶺頭雲。

戊寅冬至後一日與寅初兄嫂漢城奧林匹克公園閒步寅初指點南漢山城爲說一六三六年丙子之亂時事

滔滔逝水孰雌雄，南漢山城一眺中。朔氣棱棱霜日短，兩三烏鵲噪西東。

堪白丈爲惠美寫三色竹長卷命余作詩即呈

道玄始傳墨竹法，東坡試院戲以朱。青碧自是竹本色，作者踵接宜不孤。華城正月春光好，佳釀如泉步兵廚。齒德俱尊坐一老，餘姚丈人貌清癯。丈人百代丹青手，醇雅久為世楷模。對客袖中出一卷，燦然滿目起驚呼。猗猗因風森騷立，渭川三色古所無。自書引首稱餘技，即此已足壓萬夫。為問珍球歸何許，傳衣丈人有高徒。從此清風生堂上，門外子猷空踟躕。丈人道藝有本源，新意出手絕恒途。憶昔染就青芍藥，吾師題句見傾輸。勝什佳繪成雙璧，一時追和下及余。夫子遠游竟不返，誦撫遺編每霑裾。猶幸丈人腰腳健，杖屨所向與春俱。閒時遺筆寫松竹，示人以法兼自娛。偶遇硯池餘賸墨，好分五色到蓬廬。

三月一日之淳孝寓所食五穀飯是日爲開天節

聞道蒼冥此日開，春蔬五穀得相陪。盤飧且有將雛樂，吾仲新膺學長來。

山茱萸作黃花迎春而先放

仔細把黃花，非關九日醉。春回爾獨知，餘木猶酣睡。

木蓮早春著花有白紫二種白者先開白香山詩云莫怕秋無伴愁物水蓮花盡木蓮開蓋指木芙蓉而言與此同名而異實

雪態霞容屬異方，街頭屋角立斜陽。春愁如醉都輸與，不待秋荷褪晚妝。

連翹作花甚早故人或以爲即迎春其實非也

黃葩旖旎一番新，妝點岡陂報遠人。只為偏知淑氣早，相逢都道是迎春。

英蘭携凡燁見過

廿年猶是舊時歡，嫩竹迎風漸可觀。正是儒城二月暮，滿樹櫻蕾怯春寒。

同春堂漢詩白日場有作即呈鶴山教授

躑躅丁香次第開，穰穰春事逼人來。良辰勝景於今并，眼底誰膺八斗才。

忠大校園櫻花甚盛可惜花期不長觀賞之餘仍憶去年隅田川畔舊事二首

其一

仍是當年萬里身，花間留照倍精神。風光可惜無多日，一陣狂飆吹作塵。

其二

繁花看到成飛雪，舞片參差墮客衣。惆悵一年殊草草，隅川春事記依稀。

所居忠大宿舍旁小山多松樹春來丁香數叢作白花頗繁義山詩云芭蕉不展丁香結同向春風各自愁聊爲廣之

蒼髯坐對徂秋冬〔一〕，素靨春來亦盪胸〔二〕。何事詩人懷抱減，眼中花草盡愁容。

【編者注】

〔一〕　蒼髯：指「松樹」。

〔二〕　素靨：指「丁香」。

己卯春日與鶴山養春登鑫子惠遊華陽洞有九曲之勝

幾根殘礎碧蘚滋，宿昔尤庵施絳帷。九曲風光看不盡，臥龍巖上小棲遲。

喜雨龕師偕師母至時余方客居儒城

吾師浮海至，逆旅發光輝。杖屨尋幽寺，笑言遵洌沂。丁香繞屋結，櫻雪撲眉飛。逸興仍驅筆，知音今未稀。

與鶴山淳孝同至雞龍山下食白煮雞粥

三月雞龍欲暮天，鶴山淳孝喜聯翩。歸程迎向山頭月，今夜清光特地圓。

鶴山以牡丹數枝見貺蓋其庭院中物也二首

其一

高麗舊苑昔看來，一別人間幾劫灰。對客盈盈如欲語，觀空佛子亦低回。

其二

看竹子猷一笑同，濃出淡入喜悲中。四時風物憑流轉，客裡斜陽特地紅。

嚴貴德教授嘗問人境廬詩於太希老人與余不無瓜葛近日營構精舍於市郊舍傍有林木之勝

詩學淵源無象庵，曹溪一派喜同甘。極知日月閒中好，小隱新規傍翠嵐。

食河豚行并序

河豚古謂之魨，又名鮭，其味鮮美，暮春楊花飛，此魚大肥。梅聖俞有詩云：「春洲生荻芽，春岸飛楊花。河豚於此時，貴不數魚蝦。」東坡詩亦云：「蔞蒿滿地蘆芽短，正是河豚欲上時。」然此魚之卵巢及肝臟有劇毒，誤食可以殺人。張潮《幽夢影》縷舉人生十大恨事，其一爲恨河豚多毒，蓋以此故，因是一般食客對之或不能無懼色。儒城有河豚店多家，專以河豚餉客，不問四時，其廚師皆經特別講習，有執照。戊寅、己卯之歲，余于役東邦，一年中前後食河豚者蓋不能記其次數，聊舉一二，作食河豚行。

黃梁一熟人換世，我來東國及秋霽。廷植餉我以河豚，味美焉知熊掌珍。習靜淳孝得三昧，語笑不改平生親。鶴山憐我苦幽獨，天寒歠我河豚粥。淵通遂及草木情，格物功深我所伏。仲寶師來又食之，在東明學語恢奇。酒酣移席歌樓上，撫節聽唱楊柳枝。裙裾翩然忠南道，續元亦跨此粥好。明日甲寺去訪秋，滿山落葉無人掃。延世梨花各一丘，諸子崢嶸快我眸。食餘相將踏郊去，雞龍晚風襲客裘。故人荊妻相繼至，鄉醪數盞澆旅思。華陽洞裡春欲闌，遊罷仍飽此珍異。詩話大會夏月開，群弟追侍汪師來。坤堯捷才吾不及，世瓊翰墨絕風埃。不須楊花飛岸蘆芽短，自有專廚備味待客亙四時。可憐當年東坡老，饞腸春來拚命得一窺。

初夏即事

翳翳青陰取次成，山南山北杜鵑聲。熏風十里岡頭路，人在洋槐花下行。

春夏之交櫻筍為節物韓國無筍而有櫻桃宿舍前一株結實滿樹尚未採收也朝來先蒙鶴山以一盒見餽賦謝

可惜東邦無此君，庭前一樹故相親。頽年那復櫻桃宴，珠湛盈盤且饌新。

櫻桃絕句寄戲登鑫兄

從來名實有參差，花木貞心自不移。櫻雪櫻桃是二物，說教黎老先生知〔一〕。

【編者注】

〔一〕「先」字作仄聲用。

己卯首夏與林順伊李鳳仙崔鎔老趙英實等忠南大學中文科大學院諸生遊大清湖參觀文義博物館館中陳列品有百濟新羅高麗三國瓦當據云皆附近地區所出土者

萬山濃翠撲眉來，迤邐平湖一鑑開。形勝極知爭戰地，斷磚殘瓦小徘徊。

己卯四月下澣與金明學教授遊寧國寺書所見

磐石冷然即地仙，更從何處欲安禪。山門一樹迎風立，慣看興亡千百年。

贈李淑姬教授

欲遡平生廿二年，南州北地共雲天。詩心指點何親切，橫錦一編思古賢。

寄題伯元師《伯元吟草》時余方羈旅三韓

多少悲歡事，廿年俄已經。商量存古學，吟望藉新亭。雨壓香江暗，雲開廬阜青。瑤章千首在，莊誦有餘馨。

伏日苦熱殆不可當而道旁木槿次第作花蔚爲一景成二絕句此花朝發夕斂在東邦乃被無窮之名且以之爲國花〔一〕

其一

炎暑方隆煎石沙，避逃無計進冰茶。有窮世界無窮願，可惜籬旁頃刻花。

其二

枝頭榮謝意無窮，要見陶鈞百日功。開盡此花霜亦降，蕭寥大地又西風。

【編者注】

〔一〕　無窮花：木槿，南韓國花。

將別儒城示鉉靜玉紘二生

人情各自媚，刻意惜伶俜。連日心如醉，蕭蕭雨未停。

黃師天成八十嵩壽獻詩

干戈值世亂，浮海作儒宗。餘興詮秋水，孤懷託晚松。俚辭憑獎飾，遊屐許追從。花滿蓬山日，稱名晉一鍾。

辛巳臘月余與武志兄有紹興之遊迫于時程唯東湖及蘭亭匆匆一詣而已

把臂為昆弟，山陰曳杖行。息心層嶂峙，照影一湖明。勝迹池如舊，人間劫屢驚。沈園離合地，經過意難平。

辛巳嘉平與武志兄遊紹興夜宴于咸亨酒店飲酒薄醉店因魯迅小說而聞名也

空華榮辱百年身，筆底陽秋孰主賓。草草杯盤能醉客，罌壺猶是舊時春。

辛巳十二月余偕子惠及登鑫伉儷遊昆明邂逅淳孝在東等南韓忠南

大諸教授故人他鄉其喜可知因賦此以贈淳孝並柬寅初漢城次聯所云偉文指大觀樓長聯聯文凡一百八十字孫髯翁所製也

儒城闊別後，南詔喜逢君。興廢供閒話，江山鑄偉文。殊方雲作合，振古鶴為群。魯酒能沈醉，明朝又惜分。

丹頂鶴原居西伯利亞冬日群移至北海道及北朝鮮等處或爲當地人留置不遣壬午薄秋余偕子惠哲州慧平遊北海道見而憐之因賦爾時薰衣草作花方繁故末句及之

萬里同南渡，羈留獨不歸。羽將紅日短，魂逐白雲飛。分食來鴉鵲，環居起柵圍。悄然故國夢，秋入帶芳菲。

赴造橋途中書所見

重陰漠漠入遙青，桑竹儼然起白翎。可惜江山供老眼，魚龍亂舞有臊腥。

國道關西休息站偶成

盤空素羽負斜陽，去住隨緣夢一場。人物同來非往日，亂山依舊印眉蒼。

鶴山教授聞余舊疾復作自韓來問並以熊膽爲饋賦謝

老病非復昔，一臥竟逾月。重勞鶴山翁，不辭滄海闊。遺我熊之膽，長白山出沒。碎片小於指，參差入瓶缽。謂能癒我疴，法用水棗合。感翁意纏綿，詎敢空陳列。一試知苦辛，再服疾稍拔。會當殲此頑，還我神明豁。憶向在儒城，甲寺數共謁。學海頗涉窺，參稽意每愜。牡丹呈艷姿，慰我心如鐵。河豚芼青蔬，此味猶在舌。盤遊盡三韓，把臂成莫逆。霏雪已魂銷，秋山尤奇崛。舊跡須重尋，相期及來日。

小園櫻尙含苞而山茶已作花矣

山城十月氣清嘉，倚杖聊看雀影斜。草木也知憐老病，櫻紅次第讓茶花。

旨雲師繼溥心畬梁實秋黃君璧三先生被尊爲師大大師敬爲短詠

師大絃歌殿，揚輝有大師。西山挺逸節，雅舍媚幽姿。五色君翁筆，七經夫子帷。微言曾仰挹，道峻邈難追。

二〇一四年四月上澣與董俊彥教授等一行陪臺師大張國恩校長參訪南韓儒城蒙忠南大中語中文科諸舊友盛情接待宴飲甚歡即席賦小詩申謝

似雪櫻花處處開，儒城春色逼人來。高情依舊濃如許，筇杖欲遊更百回。

前題意有未盡歸來繼成五絕言

贈洪淳孝教授

粗醅一器亦延年，步緩依然是向前。遽喜雞龍山上月，時時跨海媚幽娟。

贈禹埈浩教授

紅燎芼岡共凝眸，神仙眷侶異時秋。把盃看我添華髮，猶有雲情齊斗牛。

贈嚴貴德教授

三千世界人人錯，希丈敷言四座驚。執手歡然雜語笑，不因無相便無情。

贈金明學教授

奧崒漢拏蟠濟州。滔滔白浪截橫流。髫齡稚子欣成立，回首滄溟三十秋。

贈忠南大諸友

見說英雄走海外，扶餘在處覓虯髯。諸君風采皆如昔，驂乘吾今得再瞻。

二〇一四年七月訪南德浮舟遊萊茵河口號二首即寄黃坤堯教授香江

其一

峯巒隨處改，古堡豁雙眸。風日萊茵好，翛然寫百憂。

其二

魅客以歌聲，沈舟亦韻事。今來憑艦首，但見波紋細。

伯元先生八十冥誕及門弟子籌劃學術研討會以紀念之見徵詩文老病不能爲長篇謹撰五律一首以將意先生曩日爲停雲詩社監察人執法甚嚴故結聯及之

量守傳薪火，三臺樹巨旃。詩筒見素抱，音學抗前賢。淵海蛟龍聚，宗門壁壘堅。停雲傷冷落，社課憶當年。

二〇一四年歲次甲午中秋後五日病起展讀臺江汪三師手稿小卷慨然有懷三絕句

其一

龍坡丈室挹清芬，秋夜雨盦析偉文。更憶菩提雙樹下，盤游道藝沐斜曛。

其二

馭日羲和猛著鞭，園花榮落自年年。三師笑語依然在，穆若春風憶酒邊。

其三

徒聞後浪推前浪，虛說今人勝古人。幸奉典型存宿昔，愧無微器答陶甄。

甲午暮春余以公事來儒城宴席間得晤鶴山匆匆別去不克款語今偕友訪秋重來則鶴山已歸仙鄉矣相隔不過數月死生契闊悲痛何堪長歌當哭以示鶴山及門高弟英蘭賢敬諸教授並柬坤堯香江坤堯亦鶴山之舊友也

鶴山恒乾乾，論交不計年。憑他歲月改，共吾金石堅。遊臺簪彩筆，敷文性靈出。春雨養花天，秋風掃葉日。碩德由好修，末世渺難求。奔競媚世者，赧然愧一丘。薄發根厚積，理學闡奧義。辭章其緒餘，詩學樹一幟。憶昔客儒城，偶亦傷零丁。牡丹以慰我，坐對百媚生。東鶴連甲寺，感時醺如醉。飽食蔘雞湯，賞楓常並轡。當我示疾時，送治不遲疑。又起一段事，總總難罄追。今春得晤對，憐其漸老態。贈以錯公言，期其心無礙。煢煢八四翁，步緩氣猶雄。何意遽見奪，孰云天道公。茲又訪秋至，群峯含愁思。四顧失鶴山，鏗驚木葉墜。塋墓在故鄉，里人敬賢良。亦思往展祭，道遠弗克將。凌雲白雪曲，薪傳有高足。我曾託後車，一夢亦可續。

甲午九月廿六日訪朴元圭先生於石曲室黃坤堯兄有詩茲步其韻以贈朴先生

言晤愛秋陽，曲肱滋味長。不無瓜葛幸，書篆發奇光。

【自注】

朴元圭嘗執贄於李大木先生之門，而余與大木先生誼在師友之間，曩嘗蒙治印多方，部份見收於《李大木先生篆刻作品集》，是書為朴先生所編印，故詩中有「不無瓜葛」之言。

遊昌德宮與坤堯兄聯句

寒日向西遊後宮，秋山可惜未全紅。（秋雄）
微黃暗綠蒼茫意，香室魂迷一夢中。（坤堯）

世瓊於中央大學校演講書法之古與今並現場揮毫坤堯兄即席有詩茲次其韵同贈盧仁淑教授

藝事千秋各擅場，晤言群彥聚中央。風情此日同當惜，樹色斑斕筆墨芳。

自首爾赴大田高鐵車中與坤堯兄聯句

急雨安車向大田，師朋金石誼同堅。（秋雄）
儒城再續風雲會，寒日秋深結勝緣。（坤堯）

儒城魚鮮齋宴席贈忠南大學校中語中文科諸教授

來踐成言第一回，山頭紅葉簇成堆。秋心且有呦鳴聚，主客醺然更舉杯。

【自注】

余今春遊儒城詩有「笻杖欲遊更百回」之句。

前題意有未罄更續一絕句蓋深喜重聆淳孝兄之歌聲也

魚鮮滿案酒頻催，舊曲新聲客抱開。撩我山莊之素女，秋墀落葉一堆堆。

重遊東鶴寺坤堯有詩六句不免惘惘爲補結聯以廣其意

東鶴訪仙方，茶經午日長。丹楓憐冷落，板栗透芳香。水玉幽幽綠，山雲淡淡黃。侏儒一節在，海外寫秋光。

【自注】鍾嶸《詩品》云：「團扇短章，詞旨清捷，怨深文綺，得匹婦之致。侏儒一節，可以知其工矣。」

重遊東鶴寺次坤堯兄韵而略易其次即贈

東鶴賞秋光，再遊來日長。茶煙成往事，老境問仙方。曲徑高仍下，祟山紅間黃。吟詩酬勝景，字字透幽香。

淳玉以牡丹陶盤及喜馬拉雅特展畫冊見贈賦謝

數登西藏閱群峰，簡筆畫成情味濃。盤底牡丹看仔細，薪傳二石此追蹤。

自大田赴安東車上口號

遊罷漢城及大田，高秋客興凌雲煙。側聞紅葉安東好，藤杖催吾更向前。

謁安東陶山書院與坤堯兄同作

紅黃翠綠各成叢，秋韻岡頭一眺中。理學風流播海外，晦庵遺緒在安東。

【自注】

陶山書院乃李退溪講學之所，其學蓋承朱子。

炳圭教授宅夜集與坤堯世瓊聯句即贈

江湖到處有能人，（世瓊）
稚子群賢一室春。（秋雄）
雅癖今看君過我，（秋雄）
硯臺書畫見精神。（坤堯）

【自注】

所謂能人者蓋因安秉杰教授得識權晚青教授及張嵐泉先生，安教授精春秋，權教授工畫，張先生擅書，皆安東並時之俊彥也。而炳圭主攻文學，兼富於收藏。其所藏韓國古硯之質與量為余平生所僅見。

炳圭導遊周山池

洛東江永舊曾遊，山木如燃韵入秋。池畔沈吟成小立，卅年前事水悠悠。

遊洛東江映月橋

秋光深淺點崔嵬，洛水南流曉霧開。櫻葉感時驚變色，花飛歲易許重來。

將別安東即席贈安秉杰教授結句坤堯補成

迢迢浮海此投壺，禮失來尋君子儒。映月橋頭共一眺，山光水色洛東圖。

將別首爾有作爲盧仁淑教授

晨興策杖踏秋霜，楊柳依依憶漢陽。飮水低頭知冷暖，歌辭跌宕晚松蒼。

與坤堯同遊南韓九日臨別卻贈

秋光看了更加餐，山谷風流興未闌。十日同遊兩日醉，歌詩流播遍三韓。

南韓之遊歸來有作示世瓊瑪琍賢伉儷

浮海尋秋去，偕行興未央。漢陽敷講席，百濟試溫湯。洛水東南永，陶山草木黃。猶存遊屐在，他日許相將。

讀晚青教授畫冊有作卻寄

一斑知豹變，展對動吾神。午日寒山暖，秋風古樹親。寫圖臨水鏡，觀瀑惜佳人。摩詰無窮意，蒼茫喜出新。

【自注】冊中多寫生，有美人瀑，水鏡臺諸景。余展對之際，但覺筆墨有情，秋意襲人。

張嵐泉先生以長春二字書箑見賜賦謝次坤堯韵

筆走龍蛇興浹漓，長青一箑愛佳辭。江山信美鍾靈秀，人物淵然出眾師。

題首爾北漢山上所攝倚松照

盤游老少影翩翩，北漢仁王秋欲燃。更有奇松邀我住，纏腰尚乏買山錢。

二〇一五年元日與坤堯兄嫂遊臺中次坤堯韻

攜眷呼朋二日遊，頻年聽慣鳥啁啁。拋離俗境車聲鬧，領受禪門梵唄柔。精室清言茶味美，牧場晚坐紫煙浮。歸程直指龍潭去，欲食湯圓微憾留。

【自注】二日之間先後遊后里鐵馬道、毘盧禪寺、植物園、無須館、飛牛牧場等處。回程至龍潭欲食客家湯圓，值店肆休業。

偕坤堯兄嫂重謁毘盧禪寺坤堯有詩二句爲足成一絕

毘盧一樹櫻花早，隱約溪音逐梵音。此日重來偕勝侶，郊遊記憶到如今。

【自注】寺在后里，舊為臺中縣八景之一，余小時遠足曾來此，距今逾一甲子矣。

前題意有未罄續成一絕句

子玉熸師隱北都，毘盧一額字模糊。歐風禪寺開生面，猶得虯龍守佛區。

【自注】

寺為歐式建築，前庭松樹數株，甚蒼古。毘盧禪寺一額為吳佩孚所書。

訪世瓊無須館作

人間結好廬，巷靜勝山居。壁上龍蛇動，門中日月徐。櫻紅迎瑞歲，松翠照輕裾。竹外堪肥遯，清風時及余。

二〇一五年元月下澣與坤堯遊港島太平山次坤堯韵

古道環崦靜，偕行得暫閒。獅亭眺遠海，鷁艇會長灣。石椅聊堪憩，橡鬟如可攀。崎嶇感世事，重惜太平山。

季玲邀遊宜蘭遂與子惠及武志偕行時二〇一五年暮春之月也

蘭陽多綠地，偕訪值良辰。海氣波濤壯，山嵐遠近親。惠風噓早稻，微雨洗清塵。往事從頭數，相看白髮新。

耀郎邀遊南庄看桐花有作即贈

南庄山水窟，四月雪花奇。沿溯欣能共，風光喜可追。春暉照祖厝，和氣撲人眉。我老無佳句，君賢有素規。

二〇一五年與耀郎肇基及井星伉儷侍韋政通先生遊南庄向天湖

長橋徙倚罷，偕陟向天湖。蛙鼓聽悲喜，峯嵐看有無。原供夏族祭，池本火山盂。從遊六十載，猶得備前驅。

【自注】湖為火山所成。山上有廣場，賽夏族祈年祭今猶在此舉行。《爾雅·釋地》：「廣平曰原。」

政通師九十嵩壽獻辭

談鋒健步氣豪雄，誰信先生九十翁。哲域峯巒閱眾秀，人間踪跡付冥鴻。森然著述山中玉，藹若笑言庭上風。此日門生晉壽爵，還期百歲舉觴同。

二〇一五年秋天鵝颱風後訪熊本城及夏目漱石舊居其書房懸翁之遺筆並陳列其著作有吾輩是貓一種昔曾讀其譯本

古城風雨歇，城下謁文豪。冷眼看人世，瑰辭試寶刀。廊回居自雅，筆縱韻能高，拂紙留蕪句，空庭坐我曹。

攜眷遊九州歸來不數日阿蘇火山忽爆發因賦

草碧周千里，逶迤亙嶺間。翱翔失咫尺，浴沐拾前歡。神社重參拜，村街一駐盤。阿蘇驚勝景，地火入雲端。

二〇一五年八月下澣坤堯肇基偕南韓李東玉嚴貴德教授伉儷見訪雲在龕是日中午汪選假遠東大飯店三十九樓設宴並出太希老人書冊葉共賞

殊方嘉客至，雲在意遲遲。壞瓦風災後，層巒青眼時。茶甌品淡味，僻地寄幽姿。會賞希翁筆，高樓矗酒旗。

瀨戶口律子教授將自大東文化大學退休另就他校之聘賦寄

桃李依依滿上庠，隔洋窗友共榮光。殊方語諺憑詮解，異域文辭費考量。灼灼著花皆麗景，翩翩振翮更崇岡。盤遊劇憶龍泉路，麵食當年滋味長。

乙未嘉平重遊草嶺古道

前清闢草嶺，再陟鬢毛斑。犖确遵危徑，蜿蜒過眾山。虎碑仍駐足，鵲噪亦開顏。策杖煙雲裡，生機塞兩間。

二〇一六年元月九日作次坤堯韵

四海風雲惡，饒君汗漫行。街虀鶩莽鉢，里唱答鶯聲。一路看梅杏，滿盤嘗橘橙。華城春漸好，冉冉暗香生。

丙申正月初二與子惠偕井星兄伉儷參詣木柵指南宮次坤堯兄丙申元日詩韻

共詣指南參呂祖，循堦上下好風光。山茶雖老能呈艷，丹桂非時亦播香。郊甸游春勝侶并，慈園攀樹憾思長。遙嵐如現觀音相，腳底婆娑悲喜場。

丙申正月初四於新竹尖石鄉露營時作

夜幕四垂營火明，兒童奔戲有歡聲。一彎眉月風濤湧，坐領穹蒼欲二更。

己未春暮華城散策書所見

山櫻欲謝粉櫻開，管領風光各一時。禿木依巖愛晚日，兩隻啼鳥據高枝。

世瓊將於近口舉行書展頃得其請柬口號二首似坤堯兄香江

其一

一藝孤行已足觀，行揩老眼拾清歡。須從布局開生面，書畫同源道路寬。

其二

清詞麗句意纏綿，雲隔香江二月天。遼海風情能記否，生涯自在勝神仙。

【自注】

坤堯日前以蝶戀花二闋見示，有「自在生涯朝與暮」之句。

何創時書道館三閩一浙展場喜逢善禧師有各自吃飯去之語

晚明風氣見於書，邂逅興言領唾餘。各自遊觀吃飯去，善師圓喻似瓊琚。

香港中文大學憶遊步坤堯聯合書院詩韻

百年黌舍憶香江，展館參巡綠映窗。賓四樓前曾駐足，海灣指點素帆雙。

世瓊書展四絕句

其一

已自書壇樹異軍，心無秦漢自超群。摩空鸞作回風舞，彩羽煌然映夕曛。

其二

將變之時最足觀，更從材質啟新端。休言書藝尋常事，揮掃氣吞千丈瀾。

【自注】

徐珂云：「古今書法，未變，不足觀；已變，不足觀；將變未變，最足觀。」

其三

老聃精語敵千金，書印安排同匠心。屈曲向東流日夜，濫觴源溯自泯岑。

【自注】

展品中有「上善若水」斗方一件，老子語也。其章法點畫與篆刻有同工之妙。

其四

二賦雄文萬古傳，泛舟之樂想當年。坡仙已自留真本，踵繼書家各著鞭。

【自注】

展品有十屏巨幅書東坡赤壁賦，甚為壯觀。

於世瓊書展會場晤見李惠正兄

晨興作草日華移，當代藝壇尊善師。樸麗質文從異趣，向來新變出閻閭。

【自注】

惠正兄病足而日猶作草五千字，於當代畫壇最推尊鄭善禧師。

坤堯四月將來台有詩見示次韻

草山春暮麗人行，浮海看花感慨生。劍氣琴音俱往矣，嵯峨文字見深情。

【自注】

坤堯嘗為寒齋所藏潘重規先生書和蓮生大士迷金偈卷題長跋。

丙申春日山居即事步坤堯歲序詩韻

知交幾輩在，無事每相過。往事資談笑，春雲帶嶮峨。明窗時展卷，伊鬱偶聽歌。何日東瀛去，踏花鳴玉珂。

余五月杪將訪姬路城尚未至而坤堯有詩見示茲步其韻蓋彷彿其情也

輕陰愛首夏，兵庫訪堅城。白鷺含風立，雄姿向日傾。崇階登守閣，茂樹坐聞鶯。地據湖山勝，與君俱眼明。

【自注】姬路城又名白鷺城，以其形似白鷺也。

熊本地震作

隨意舞翩躚，福岡頻結緣。阿蘇神社古，熊本故城堅。薰沐櫻花雨，行吟黃葉天。壞空憐浩劫，回首一怊然。

丙申穀雨與黃坤堯同作即步其韻

暴雨聲中餞暮春，推移群類各艱辛。浮花浪蕊飄飛盡，嫩葉繁枝氣象新。此夕烏雲掩皓月，從來嘉會隔天津。許看朝霽穹蒼闊，煦煦熏風被九垠。

丙申立夏與黃坤堯兄同作

幾日陰晴暑氣生，朝來已試葛衣輕。時回序替尋常事，海角岡頭取次行。似雪桐花迷遠近，如規眉月欠分明。眼前景物同當惜，杜宇聲聲太有情。

丙辰夏日感事

兄弟居持各有方，閒時暢聚話家常。簪花遠眺分佳節，歸妹同歡助酒漿。滄海日星憑出入，寥天鵠燕許翺翔。相煎七步豈長計，不遺友于成鬩牆。

坤堯丙申小滿詩刻意用險韻謂日來適爲諸生說東坡尖叉韻詩也步韻和之

可有晨曦照屋簷，披衣早起捲重簾。園中草色紅將綠，籬角蛛絲斷復黏。白水浮光須遠眺，青松凝翠且低拈。劇憐南北安平句，海氣茫茫接嶺尖。

【自注】

字。秦氏古鑑閣集石門摩崖有南北成安平域及春秋書大有年一聯，臺先生屢書之而省去成書二字。

王拓兄輓章

黌舍遊從饒趣事，班低一級亦同窗。閣藏山峻多奇逸，羅織寃深失雨暘。懷土抒書卓旆幟，遭時艱困賴扶將。頻年接席歡情舊，劇愛升庵逝水章。

二〇一六年九月十日與子惠由哲州慧平導遊荷蘭阿姆斯特丹二稚女從

德荷疆接共風煙，草樹沿途秋色妍。小國寡民知見卓，含風爭陸宇堂堅。神思詞客真疑幻，行徑畫家莊亦顛。古迹紅毛萬里在，橫行四海想當年。

前題意有未罄續成五律一首

興造真奇壯，古城隨意遊。往時興戰伐，今日泯恩仇。河繞層樓夜，牛分平野秋。橋邊留影罷，彩鴿更回眸。

【自注】

荷蘭二戰時為德所占領，今兩國皆為歐盟之成員。阿城內多運河，其上頗見遊艇往來。

假日遊杜賽爾多夫

携手萊茵河畔行，適逢期市各營營。世分人我爭途久，佛泯色空詮理精。妝樹葉黃參紫綠，入懷風冽轉崢嶸。小城餐館杯盤共，窗外秋陽已漸傾。

次韻坤堯兄白露選後之什時客德國波鴻

白露殊方冷翠衫，老來依舊動征帆。觀雲仍許橫青眼，鋤草何須揮巨鑱。林密有時迷遠近，飧新已漸辨酸鹹。艱難共濟爭寬局，滾滾後生多不凡。

客寓讀齊著巨流河一書其中提及聞一多事感賦

詩人值世亂，避地到西陲。治印彌生計，誦騷焚積悲。智愚誰與定，慷慨吾能窺。一印身殲後，千秋尚異辭。

【自注】

聞一多被暗殺後，留一未完成之印，印文曰其愚不可及，蓋自抒心志也。後人對此印之解讀頗有異同，或以為此愚如愚公移山之愚，蓋寓壯心，知其不可為而為之也。或以為是自悔之詞，恨己為他人所誤也。齊邦媛蓋主後說。

王北岳先生書法篆刻集獻辭

篋底饒藏庋，嶔崎博雅人。揮毫愛古篆，治印溯先秦。傳法多龍象，著書皆瑾珍。謁參思往日，品道接餘醇。

史特拉斯堡教堂

構築瑰奇兼巧麗，教堂觀止嘆平生。隨緣點燭祈深願，四海風和息攘爭。

史特拉斯堡夜遊時值中秋後一日

萊茵嗚咽去，法德此為鄰。奇麗看街屋，團圞仰月輪。干戈頻易主，局面又翻新。椽筆關時運，憬然思古人。

【自注】

椽筆者謂法國文豪都德。

遊巴登巴登東坤堯及忠南大諸友

壁畫著瓶罍，溫湯自古名。文豪曾駐錫，吾輩亦揚旌。密樹周遭在，小街高下橫。大堂茶味美，遼海憶儒城。

【自注】 地處黑森林地區，為德國最古溫泉小鎮，建物依山高下，壁畫頗及湯沐事。美國文豪馬克吐溫曾遊此。

梅茵茲

二茵合匯更奔流，主教尊冠選帝侯。自古攻防多戰伐，於今汗漫得優遊。聖經文字翻新版，雕像崇高展遠眸。樂舞迎人一駐足，端然異域過中秋。

【自注】 此地位居梅茵河與萊茵河匯流處，自古爭戰之地。在昔此地大主教之地位甚尊，為七位選帝侯之首。雕像指古騰堡，其所發明之活字版使德文聖經版成為可能。

呂德斯海姆

蒲萄樹鬱茂，起伏倚山邱。鎮老門牆古，秋深日色柔。閒行穿小巷，雅號字斑鳩。酒美從君飲，萊茵醇似油。

【自注】
此地以產蒲萄酒著名，有小巷曰斑鳩，兩側酒館林立。

奧良教堂

文化歐洲細品量，從軍貞德保邦鄉。仰觀彩繪驚奇絕，青史一斑留此堂。

【自注】
此堂四壁彩繪皆與貞德事有關。

土爾教堂

歐陸横行經幾城，教堂參謁輒心傾。藝文由古關崇信，仍覺前賢莫與京。

愛斐兒鐵塔

粼粼塞納逝波柔，鐵塔森堅誇五洲。我亦隨緣同至此，巴黎草木入深秋。

凱旋門

朔雕籬鷗各圖存，國大何須逞獨尊。歐陸横行成底事，空留遺迹凱旋門。

阿爾卑斯山少女峰

少女於歐稱頂峰，白頭欣得睹真容。崚嶒山石齊黃澥，寧靜冰河壓岱宗。羞澀有時雲半掩，奇姿終向日邊逢。沿途屋舍儼如繪，絕慕和平瑞氣鍾。

歐洲印象示肇基

在處名區若列琛，山河奇麗得經尋。雲輕天濶秋光漸，嶺峻岡崇鐵道侵。戶戶樓臺花點綴，層層石版我登臨。教堂小坐浮心定，事異參禪亦正襟。

【自注】

瑞士少女峰及馬特洪峰皆有登山火車。

憶波鴻

為客居逾月，緬焉憶小樓。飽喫多國菜，細品一方秋。室小容歡笑，街紆得逛遊。密林時檢閱，超市隔山邱。

【自注】波鴻為魯爾大學所在地，所居為其客籍教授宿舍，在郊外，過森林可至大學廣場，約十五分鐘距離。有超市、郵局、咖啡廳及葯妝店等，凡生活所須皆可得之。

書心經小卷既竟猶有餘紙在川兄爲補高僧

山城營衛愛朝暾，細寫心經認本源。猶得笛音凝室主，臨巖為補一沙門。

【自注】笛音凝室在川之齋館名也。

二〇一七年元月二日贈內

攜手成夫婦，堂堂五十年。出門時策杖，飛雪欲盈顛。靜躁原殊趣，艱難每並肩。庭前樹欲茂，共惜此生緣。

二〇一七年元月八日與子惠及岱宏宙儀遊關渡自然公園三稚女從

關渡留低地，相將探綠窠。駐頻聽鳥囀，坐久覺風多。驚夢蘧蘧蜨，浮香冉冉荷。雲煙連淡海，向日數經過。

【自注】

時雖臘月，池中睡蓮作花猶繁，舉其大名，姑亦以荷稱之。

川普新政

一紙簽行此肇端，行看寰宇起波瀾。兆民翹首商星轉，七國驚心政令干。真偽相參網路雜，莠禾不辨野田寬。徒施峻法恐非計，只益棼絲治理難。

以玄兄草書東坡西湖詩四屛見寄

花東書畫隱，睽隔似三秋。巨蹟自天降，燦然驚我眸。東坡醉後詩，入草化龍虯。揮灑成四屏，點線藏銀鉤。邇來困宿疾，得此以破愁。情誼信足恃，歲月逝悠悠。便欲策我馬，海上從君遊。飽看山與水，沙際起白鷗。

丁酉上元夜口號示井星兄時余方自台大退院而井星以微恙入院檢查

盆蘭報歲送幽香，小立陽臺月色涼。食罷湯圓還許願，年年佳節各平康。

丁酉正月華城即事

流轉全憑造化功，櫻花又見一回紅。朱顏被酒各姿媚，忽憶儒城回雪風。

【自注】二年客居儒城，不無桑下之戀。忠大校園多白櫻，花飛時撲面如雪。

今年二月未過而華城春色漸減矣口占四句柬坤堯兄香江當有同慨

風光流轉不堪留，次第山花看欲休。若問新來何所事，心經細楷抵清愁。

今日轉晴散步時乃見岡頭紅杏又有舒蕾者蓋所謂生生不息者耶喜而書之

春陽春雨共徘徊，草木將迎心未灰。曝背吾仍散策去，嫣然又見數枝開。

丁酉春分前二日與耀郎國山司洋偕往參謁牟先生塋寢緬然有作三首

其一

塋門淡海共晨曦，輸綠群山備四時。沿路櫻花與茂竹，春風拂袷謁宗師。

其二

辨析才性談秦漢，親炙從知道味長。異說橫流漫九域，狂瀾力挽示康莊。

其三

風概超超接魏晉，流光欲溯更低徊。隻雞斗酒都無有，祇奉心香一瓣來。

同門許郭璜兄嫂陪同重遊太魯閣

勝景何如太魯閣，嘉朋作伴得重溫。溪流汩汩歸滄海，巖燕依依認舊痕。四面風光守險嶂。一行賓主逆朝暾。紀遊同憶江師畫，葉葉清奇六法存。

【自注】江師有花蓮紀遊冊葉十二開，多寫太魯閣天祥一帶勝景。

坤堯去歲有二十四節氣詩余嘗和其數章今年乃坤堯續有作蓋節氣

雖同所作時地不同故詩境亦異和其穀雨在揚州作一首

流蘇櫻粉繞江潯，遊賞憑君仔細吟。此地由來多篤學，於今何處覓知音。可憐陳老盤空句，留與王孫作縢金。夢覺揚州十載外，容吾十載復登臨。

【自注】

陳老者謂陳含光，其駢文及詩為溥心畬所推重，時見王孫畫上有其加題，當代一人而已。

臨窗素心蘭作花矣成二絕句同用侵韻因以寄遠

其一

臨窗何用鬱成林，不問朝暾與夕陰。佇立端然見素抱，幽香淡淡到衣襟。

其二

相知相惜由來深，脈脈輸誠一片心。含苞陸續嫣然在，看我搔頭興短吟。

參觀鄭善禧師展作

長髯飄拂立高岑，畫伯多能世共欽。信手拈來含妙趣，隨毫揮去見童心。風雲攻守留遺迹，傀儡衣冠協雅音。偶寫壽門驅剩墨，新貽春帖示金鍼。

【自注】

此次展品多金門風光及木偶戲人物。

和坤堯兄丁酉立夏賦別之什適得允執兄寄贈畫冊曰人間有味故卒聯及之

水長山遠鬱蒼蒼，傷別傷春懶舉觴。只覺怯寒還乍暖，爭知苦李若甘棠。葯方為伴門常閉，短什微吟氣不揚。筆墨人間欣有味，神遊葉葉似瑤璋。

秋色次坤堯一葉先落和詩韻

南翔群雁不孤單，北國天高已漸寒。且喜山河皆靜好，還欣出入各平安。霸圖涼露聽漁唱，滄海飆風驚巨瀾。一葉鏗然悲宋玉，秋光如醉憶同看。

郊行一首次坤堯兄芒種悼遠之什

幾日蟄居興暴雷，開晴偶出步陵隈。高低蟬嘒繁成曲，遠近杜鵑紅作堆。差錯休言盡往事，葳蕤可悅有新梅。幽蘭一缽臨窗供，賞翫物華心未灰。

耀郎邀同參觀朱銘美術館遂與肇基子惠偕行

出藍能事詎尋常，寰宇飛聲國有光。刻畫人間賅老少，規摹太極寓柔剛。賞心樂事稱難并，美景嘉朋暫得將。暴雨如傾遊客散，歸來畫冊更端詳。

【自注】吳館長順令師大博士，與耀郎同學，承接待，並贈朱銘畫冊多種，其中一種曰刻畫人間，蓋即人間系列也。

永懷饒朋湘師

形骸化去澤長存，藹若春風師道尊。培土成林真盛事，盡其在我詎空言。山城讀畫情猶在，精舍談詩語尚溫。青眼恢恢及拙句，扶餘楓火遍山根。

【自注】
師常以「盡其在我」語勉勵諸生，且見諸行事。

遊南臺次韻坤堯小暑霓虹之什

暴龍侵夢不能酣，高處羨君能結庵。南走古城崁帶赤，北望遼海水呈藍。午間熱浪思冰果，雨後群山看翠嵐。沿路木棉紅似火，退飛不及下車探。

日欲晡時與宙儀一家重遊台南孔廟寄盧教授仁淑首爾

其一

謁參孔廟憶曾同，今日重尋如舊衷。古樹庭前名雨豆，朝舒暮合葉成叢。

【自注】孔廟庭前有古樹，森然聳立，非榕非柏，不識其名。詢諸管理處，曰名雨豆。名甚奇。尤奇者，其葉朝舒暮合，視日之出入。喬木似此，蓋甚鮮。

其二

盤空健翮遽離群，跨海結契惜暫分。入口蒼然一額在，全臺首學沐斜曛。

記夢

新晴登陟意閒閒，夢裡依稀過港灣。翠竹遍岡皆秀色，孤松依嶺亦蒼顏。周遭古柏間秋菊，上下深根覓素蕳。森立迎風聲偉壯，餘威肅肅撼群山。

全英蘭教授自大邱遠寄涼被餅餌紅蔘綠茶諸物賦謝

郵包啟視燦然呈，歷歷皆申海外情。適口餅乾歸小輩，宜身夏被及愚荊。紅蔘氣旺行東邁，綠荈神清思北征。頑疾共存強自遣，相憐猶有舊門生。

得意一首次坤堯兄夏日清芬韻

得意斯辰發嘯歌，揮刀立馬截江河。戶宏鯨飲千壺醉，道直天通萬客過。園樹藏身容燕雀，滄溟掉尾看鼃鼉。沈舟禍起蕭牆內，菩薩低眉得永和。

行年七十有六矣自訟一首

七十餘年成一夢，回頭歷歷皆堪疑。蕭蕭風木無窮意，滾滾江河不盡悲。順逆且過題畫本，三千都錯是禪詩。平生差跌知多少，星漢橫天立有時。

【自注】
無相老人喜畫佛，常見題辭云：「不用心思，隨意打坐。一禪萬古，蒲團不破。問師眉何以長？曰：遊心於萬物之外，將錯就錯。此之謂得過且過。」不知所出。又老人有詩句云：「三千世界人人錯。」

盧仁淑教授自首爾寄人參感賦

袞袞諸公各自賢，獨將孤僻舞翩翩。石交蓬島知多少，蘭契東國隔海天。楓燎雞龍思勝友，雪霏內藏憶當年。清光如鏡憐明月，北嶽仁王一線牽。

【自注】
雞龍、內藏、北嶽、仁王皆山名，後二者皆在首爾，本同一脈也。

讀坤堯兄七月十三日詩不能寐作此和之未能盡意也

洪濤藏內部，表面靜無波。雹降冬疑夏，悲深哭似歌。結胎疑自別，行道可長和。出入舟相誡，崎嶇冰塞河。

井星兄挽辭

其一

六月飛霜徹骨寒，人生浮脆乏金丹。虛言孤僻能過我，實有翎毛宛似鸞。久共山城送落日，每偕畫苑賞清歡。奉親恆記當時語，愧負停雲直諒彈。

其二

四月藝廊參善師，遽然化去至今疑。溪頭把臂成虛諾，竹北烹羊未及時。桐白滿山猶照眼，棉紅夾道且盈眉。六如一偈常持誦，大智法言含大悲。

【自注】今年四月十五日鄭善禧書畫展開幕，猶曾偕往參觀，與善禧師晤談甚歡。

其三

不比江東日暮雲，讌談契闊死生分。短長較量謙豈敢，軟硬兼施實服君。林下美人歸地下，朱門年少老空門。世羈脫卸寬心去，弘一遺言悲與欣。

【自注】門字屬元韻，因用太炎先生句，聊合之。

園中手植銀杏已鬱茂矣十年樹木信然耶感賦

風土炎方異北地，年年姿態亦如新。娟娟篋底堪驅蠹，粒粒盤中可養神。熊本傍城黃一地，大田滿目綠三春。舊曾寄遠憑將意，幽獨自憐羈旅人。

感事二首

其一

平揖強邦與酢酬，中華崛起喜兼憂。高樓酒肉饒餘味，詎那思言欲自由。

其二

廣原封錮忌飛騰，健骨煆成灰一升。滄海揚波從此逝，不留微跡與人憑。

德修兄輓辭

人世無常異暫分，遽傷一雁又離群。因循孤僻能知我，偉業名山每服君。中壢烹羊同味永，關西採橘共顏醺。箕裘兒女賢堪紹，小慰平生述作勤。

丁酉盛暑東瀛紀遊

闔家逃暑到東鄰，異域殊方情味醇。佛道同參留印記，柏松一碧認堅貞。浮舟汎汎過重阻，花鹿呦呦親遠人。京大進餐看特展，奈良絲雨滌輕塵。

訪明倫園肇基與子惠同行

但博頭銜一字人，滔滔天下孰知津。八音雅樂能延客，滿室和風堪澡身。重水輕山非上策，起衰振弊賴明倫。驅車欲去重回首，鬱茂行看桃李新。

【自注】

明倫學園為一私塾，其辦學精神以敦勵品行為主，知識傳授為輔，蓋欲救今日制式教育專重智育之弊也。除師生外，家長亦參與，成績可觀。起借潘虛翁〈別南園〉句，《論語・雍也》：「智者樂水，仁者樂山。」

花東鐵道之旅紀行

重訪不辭道路艱，偕行老少盡開顏。忘憂草覆秋前嶺，依岫雲淹雨後山。乘水魚游知孰樂，憑欄猴踞覺公頑。東望風細平如鏡，天海茫茫一線間。

花東縱谷印象

縱谷經行處，嵐光如可捫。平疇接疊嶂，密樹護孤村。依水禾苗秀，在田瓜實蕃。既晴乃復雨，一日歷涼暄。

曾公永義作詠梅詩四首坤堯兄有和章並以見示因亦賡續爲之

其一

深紅粉白綴高枝，抖擻寒風歲盡時。世事乘除供袖手，看花搔首更吟詩。

其二

搴幕遙看嶺上枝，迎寒舒放正當時。養痾安許登攀賞，慚愧相酬無好詩。

其三

年年處處賞梅花，今歲行艱氣不華。尚節歌聲久寂寞，憶曾流播遍天涯。

其四

橫斜高下照山塘，一本移來數換妝。可有滄桑千古意，伊人宛在水中央。

【自注】

昔年曾自蘭陽友人處分得一本梅花，植於華城。花開花謝，已幾見榮落矣。

平復一首答坤堯兄

平復仍期共遠征，天時原自有陰晴。荒荒野望休生怯，兵庫曾聞白鷺城。

【自注】

來詩有野望荒荒畏遠征之句，因憶曩歲嘗有偕遊東瀛姬路城之約，未果行。

丁酉餞歲四絕句

其一

餞送雞年同舉杯，流光人事共低回。司晨莫怨啼聲亂，明日即迎靈犬來。

其二

逆賓山海國之光，一夕樓傾逃不遑。地厚孰言能載物，炎天時亦降冰霜。

其三

救人急急鑿牆深，犯險忘身洵可欽。搶出寧分生與死，精良儀器助探尋。

其四

五十六邦齊送暖，同球之戚入人深。似聞猶有閒言語，何等肺腸何等心。

【自注】

第二、三、四章皆連結二月六日花蓮大地震言之。

北韓派團參加南韓主辦之冬季奧運開幕式且共舉半島旗出場

遼海和諧似肇端，深期四海得平安。彼此共駐寰球上，逞強何如携手歡。

戊戌元月二日即事

遇厄平人亦氣短，欣逢新歲得新晴。看花緩行兼看水，一道彩虹天際橫。

鑑平招飲次韻坤堯兄春意之什

瀟瀟寒雨歇，遲日照人寰。白鷺參差舞，幽居遠近山。花開招勝友，鶴至越重關。何處羊饈美，道旁松石間。

子澈兄爲治延暉習定二小鉥甚精作此俚句博笑

印壇名手看馳驅，同愛誠知道不孤。已近老年諳減法，偶從宿好拾清娛。鋼書石陣歆君有，麗句新辭愧我無。習定延暉時靜坐，明窗斗室映眉鬚。

大安森林公園散策

茂樹成陰景色嘉，春來處處作繁花。喜逢暄暖常為客，欣見禽魚皆有家。掉臂井兄共笑語，曳筇吳老趁朝霞。隨緣去住離悲喜，緩步逍遙觀物華。

【自注】吳老者謂師大英語系吳匡教授，百年人瑞，曩歲常晤見於公園，今與余友陳君井星俱往矣。

戊戌清明前五日重遊臺灣東北角子惠及宙儀全家從

繞臺東北一逡巡，怪石風棱百獸臻。昨夕華城看滿月，今朝海角眺清粼。風光金鎮遺悲舊，草樹貂山迸翠新。燈塔重尋試腳力，夜長猶賴導迷輪。

【自注】金鎮謂九份也，曾出產金礦，繁華一時，侯孝賢所導《悲情城市》電影即以昔日九份為背景。

遊峇里島遣悶十二首

其一

蒼翠迎人自可憐，丹黃尤愛墮山前。新來每誦陶公語，大化流行悲喜捐。

其二

嘉名印度亦汪洋，太平迎曦各一方。箕子久浮遼海上，容他視息抑何妨。

其三

情人岬角度重關，在處獮猴一樣頑。眼鏡奪將橫折卻，諸君取次莫追攀。

其四

草草杯盤飲味美，同看夕日浴咸池。古原登眺千年事，當日情懷略可知。

其五

餐後閒行陌水頭，指看一耒駕雙牛。扶犂吾亦田家子，逝水滔滔七十秋。

其六

聖泉香花色清蒼，沐浴任人袚不祥。我亦掬之湔頸面，頻年常與疾相將。

其七

蕞爾一球千國託，天災地變迭相尋。各懷詭道豈長策，來日大難須合心。

其八

島國郊垧雞犬聞，相逢拜手各欣欣。鰥骸空得漁夫老。獅子夢回海上雲。

其九

荔枝龍眼護王宮，花樹依稀蓬島同。夭矯緬梔隨處是，菩提嘉木入清風。

其十

火焰花開酒半酲，田田菡萏有枯榮。美人蕉與姑婆芋，獅子山頭入眼明。

其十一

皇居古築間編戶，門柱形雕樹異風。歷史綿長憑見證，人家漸已脫貧窮。

其十二

曲折老街車馬亂，街旁橫巷日光微。店前稍佇試編帽，照例持將一頂歸。

遊鹿港參觀文物館感賦館爲辜家舊宅其中擺設亦多辜家故物故詩中頗及辜家兩代事覽者自能知之同遊者吳台錫教授崔炳圭教授世瓊伉儷與子惠等由昭坤解說

幾進歐風古建築，迎賓鹿港雨如絲。香江酬酢成陳事，共識有無各異辭。人物賢愚孰與判，芰荷榮落我能知。從容說戲關人事，身段下臺觀步儀。

【自注】辜振甫代表臺灣參加兩岸會談。辜擅演平劇，答客嘗謂演技高下須看下臺身段。此語甚有味。

再遊鹿港龍山寺二首

其一

重遊鹿港共群賢，古寺來參續舊緣。榕老依然盤根在，乘時梔子花如燃。

其二

藻井擡頭觀八卦，看門彩繪兩神仙。徘徊佇立同留照，靜穆知居艋舺前。

十三番茗坐三首

其一

斷橋磚柱勢高騫，懷舊小車人影繁。橫巷深藏木石窟，世瓊書額十三番。

其二

餘甘細品主人雅，篤古情懷從可知。花鳥翻飛滿一室，宮燈茶具日光移。

其三

卿卿我我晉人語，小冊留題為有緣。共說盆松百歲上，缸中蓮葉亦田田。

雜讀遣懷

籠獅入貢古波斯，玄奘紀遊如及之。抱甕小圖詞客喜，連天大漠旅人悲。時翻地志周禹域，可有神方祛病累。水煮苦瓜頻入口，平凡見說寓神奇。

【自注】

舊藏有抱甕圖畫片一幀，畫魯拜集詩意。楊聯陞所製也。

夢墮一首自嘲

凡夫多想因多夢，姬旦尼父嘆久期。菩薩安禪已入定，至人酣卧孰能窺。晉侯二豎真為虐，莊叟孤蟲徒自疑。跌落匡牀絕可笑，醒來情事莫能追。

夢墮一首和秋雄兄韻 黄坤堯

一夢迷離寄遠思。偶然相聚亦佳期。三生有約仙雲冷，四野無端瘦影窺。烈焰翩飛何太驟，清香縈繞復奚疑。紅塵已墮千千劫，誤我青春不可追。

余頃因夢墮傷足作詠夢一首自嘲坤堯兄有和章其辭在可解與不可解之間因用原韻再作一首惟不皆說夢話矣

相思咫尺更千里，花木森森作遠期。冰凝寒江供骨折，霧迷黃澥許神窺。文辭工拙君能辨，人物妍媸人或疑。最是丹楓咽冷澗，龍山白熟不堪追。

【自注】白熟乃韓語，謂白煮糯米雞粥也。其法以全土雞去其內臟後以糯米填之，另加白蔘若干文火熬煮，必令雞骨俱酥，食時加鹽少許，粥味甚美。蓋與人蔘雞大同而小異也。曩日在韓，常與趙鶴山前往雞龍山某餐館會食，今鶴山往矣，此情此景僅能於夢寐中彷彿遇之耳。鶴山博雅多通，長余十歲，在韓已是教授，猶來臺修博士學位，因曾修余之詩選課，故始終以師禮尊我，其行事不苟，課餘猶為諸生講授《論語》，見老派讀書人風範，而或者以為迂，固知品評人物誠不易也。

敬悼韋政通先生適坤堯兄以立秋詩來有北極冰圈熊亦死寰球暖化宅何求之語即借用其韻

鏗然一葉又驚秋，人物崔嵬截眾流。紅豆笑言常得接，華城莅訪已難求。生前述作山河在，身後聲名褒議揉。委順陶公神告影，仍然伊鬱不能休。

【自注】

余得獲接韋先生，起於先生任教台中一中始，為時甚早。近六七年來復常得聚晤，大致三個月一聚，地點常在紅豆食府，以先生喜歡也。與會者井星兄伉儷、耀郎、肇基與愚夫婦，輪流作東，有時亦有陪客，如王拓兄即三次與會。自去年七月井星兄謝世後，余亦為疾所困，此事遂寢。然猶於去年底在品味鮮小館一聚，當時登鑫、國雄、養春、溪南亦來會，皆六十年前舊友生也。每次聚會時先生恒意氣風發，暢談近日讀書心得及新著之事，新著謂已完成，自謂內容將面目一新，與往日著作大不相同，惜尚未及見。先生善養生，言談時及養生之道，其時先生以九十上下高齡，猶健步勝於吾輩也。先生嘗幾次作客華城，頗愛華城之環境，最近聚會時屢曾表示再訪華城一次之意願。余以山城僻遠，一群人去，交通是問題，餐廳肴饌又不精，以此躊躇未及安排，而先生竟以車禍驟然仙逝，遂令其意願成虛。由今思之，憾復何及。平生應為而因循不及為，遂成恨事，往往如此。

戊戌立秋憶往

赤足往回興石埃，後隨常待若人來。黃花連畈疑將及，青鳥傳書或費猜。貧賤逼人困桂玉，師朋扶我上亭臺。炎威猶熾心頭熱，風木之思無盡哀。

大安公園坐晚

庭惟桂與松，山城居無竹。市寓不容膝，遑論閒草木。公園時一過，入耳風肅肅。茂樹傍澄清，白鷺飛相逐。坐對碧琅玕，一叢聚九族。竹梢看搖曳，和氣來清穆。白日漸已傾，餘光照幽獨。萬民真如海，邂逅偶然卜。仍憶東坡言，無竹令人俗。

附錄：序跋題辭

一、序

一九九一年

黃錦鋐〈雲在龕詩稿序〉

宋人嘗稱「論詩如論禪」，所謂「學詩深似學參禪，竹榻蒲團不計年。直到自家都了得，等閑拈出便超然。」蓋禪之道在於悟，詩之道亦在於悟也。惟禪之妙悟，不假任何憑藉，而詩之妙悟，則與學相連。故後人以滄浪論詩，但求藝術之表面現象，未能兼顧才學氣習之工夫，頗以為失。雖然，滄浪以妙悟論詩，而悟之之道，仍由於學也。故雖云「詩有別才，非關學也，詩有別趣，非關理也。」但又稱「非多讀書、多窮理，則不能至其極也。」緣才學氣習，為詩之基礎工夫，而禪趣真情，又為詩之氣象表現也。才學氣習，有關於讀書，禪趣真情，則有賴於卓識，讀書無卓識，所得無非古人之糟粕。不讀書，則卓識亦無由得表現也。然讀書亦有法也。明人陳善云：「讀書須知出入法。始當求所以入，終當求所以出。見得親切，此是入書法。用得透脫，此是出書法。蓋不能入得書，則不知古人用心處。不能出得書，則又死在言下。惟知出知入，乃盡讀書之法也。」此所謂「文不程古，則不至於上品，見非卓絕，終傍古人之藩籬」也。夫文不程古，則不知古人之用心，無卓識，則雖工於詩，則終流於以文字為詩也。明乎此，則可論詩之道矣。

秋雄棣卓識多聞，出入經史誌傳，積有年所，又喜收藏古今名人書畫，觀賞神遊，浸淫其中，怡然自樂，臻藝術精神氣象之真境。近以所作詩集見示，拜讀之後，深感其有積於中，而發之於言，有契古人言志之旨。至其歌詠山川勝景，則歷歷如在目前，抒發情懷，往往意在言外。能入於古人情意之中，又能出於古人文字之外，可謂盡妙悟之趣矣。觀其題沈寐叟行草立軸詩云：「嵇阮同流陶靖節，禪玄互證謝靈川。」秋雄蓋自道其詩趣歟！

二、跋

一九九一年

江兆申〈詩畫一首書沈伯時詩後〉

竊嘗論詩與畫，其為之也，道相似焉。昔蘇子瞻評王摩詰詩畫，云「詩是有聲畫，畫是無聲詩」，此特就觀者而言，故辨其有聲無聲，非僕所謂為之之道也。或有疑之者，以為畫施筆墨以象形物，積形物而成境界，五色區分，形物畢舉，為之者以象，求之者以形，當其舞丹鉛，追物象，手揮目給如工師之刻鏤焉。異乎風人之賞物契心，感事奮激以文字而載語言矣，何得言相似。僕應之唯唯，曰是固然，然而有不然者。夫詩人之感物也，百事千方，百觸萬應，雖聯楮奮書，冥搜陳旨，何足以盡其意也，必也陳事方物，盡其異同，審其已然，揆其未至，洞澈其事，如火之灼指，其痛在心，而後千錘百鍊，以擇其尤，吮毫而書之，雖一二言千萬言，不能過也，故其要在練意。老杜之況蕪城曰：「感時花濺淚，恨別鳥驚心。」其言從軍則曰：「落日照大旗，馬鳴風蕭蕭。」言簡旨切，使人深味之而不能罄。范中立作〈谿山行旅圖〉，起手奠一石於坡陀之間，山路橫通左右，馱馬三五頭，僕夫從其後，嘉蔭覆焉。谿隨路洄，而上作岡陵，分左右，架木為橋以通，橋下泉分脈絡，淙淙有聲，下注於谿。一人負物，將循橋自左度於右岡，右仰左抑，皆林木葱鬱。右有棟宇出葱鬱中。再上為主峰，巍峨雄蒼，其勢干霄，更飛泉出其右，下垂如線，穿雲度隙，直落千萬丈，以奔湍赴壑。人望之如在千山萬翠中，泉鳴谷應，馬蹏悠悠響終古。論其幅，則橫裁三尺，縱可倍之。趙子昂畫鵲華秋色，高不過八寸，橫不過三尺，三尺之內，收鵲華之間四十里景而無不足者，以其意足也。故詩畫之所重者在意，為之之道在練，此則庶乎相似也。沈伯時耽干詩文，後復就余商略六法，近示其所為韻言，裒之成帙，假於寒齋，朝夕諷誦既久，因記詩畫之說以歸之，幸伯時有以啟余。辛未初冬茶原江兆申書於埔里之揭涉園。

【編者注】

此文《雲在盦詩稿》原置於編前，今據其題而移於此。

龔鵬程〈雲在盦詩稿跋〉

余從秋雄師習文字學，時在十七年前。青衿年少，曚不知人世艱虞，而隨人作隊，輒自附於詩人之列。傷春悲秋，擁鼻高吟，頗以昌黎所謂「為文須略識字」為迂夫子言，亦不知師之能詩也。吾師誠樸，矜余之放誕，每優容勉勗，示我周行，然終不教以詩法。久之，余始於雜誌中得睹吾師詩作及諸論詩語。漸輯漸誦，乃恍然如見古人不自媒炫之風，知此即先生之教我以詩法也。先生不甚臧否流俗。然其行履足以矯流俗之弊者，率如是。今先生集所為詩三百餘首，編成《雲在盦詩稿》一帙，自謂撫今追昔，略志平生，非所以為詩人之業。其言亦當作如是觀。其詩選體不廣，七絕以外，皆罕涉筆，質性狷介，見於文字，且不憚煩刻雕對偶故爾。所寫則以論學訪友，書畫題賞及遊歷山水為主，蓋世事漸不可問，捨此亦無可樂，其秋日坐雨詩云：「風光流轉感依違，人世可言新覺稀」，差可覘其心境。哀樂中年，觸感易傷，遂不覺寂寞獨尋，有蒼蒼涼涼之概。如「逢人盡說丹楓好，寂寞秋心只自知」、「滿地西風飛木葉，由來蕭瑟最相親」、「獨坐虛堂耽寂寥，厭聞門外日囂囂」、「人情厭捭闔，天氣愛秋涼」等，皆屬此類。余奔走塵俗，久不蒙師教誨，讀此乃憬然傷之。念人世多故，歲月不居，中年哀樂，轉瞬亦至，胸次所養，能勝此哀樂否？余無先生之學，又不能如先生之廣接當世賢達，泛觀宇內山川文物，讀先生詩，能無所感乎？即此謹跋。辛未歲杪於淡水。

三、贈詩及題辭

一九九一年

劉太希贈詩

放眼休文吐鳳才，奮揮詞筆戰霆雷。乾坤不壞餘吾輩，風雨同歌蘊古哀。萬態低昂供感悟，百年圖史足徘徊。名儒自有千秋業，冷調孤彈亦壯哉。

汪中《雲在龕詩稿》題辭四首

其一

憶事懷人珠玉篇，交游歷歷記流連。韓江大德江南夢，柳絮飛花到酒邊。

【自注】

記同客三韓、江儒城高柳垂楊皆可念耳。

其二

荊公何作野狐精，六字吟成覺有神。攜手父兄情可念，老坡雙井又何人。

【自注】

王荊公作六言詩：「白頭想見江南」，又云：「父兄持我東西」，東坡、山谷皆學為之，謂此老真野狐精也。

其三

新開埔里靈漚館，可有夥山迎客松。說到歸田真早計，共吟止酒愧陶公。

【自注】

伯時言埔里師門之盛，余不獲歸田，心甚嚮往，松公為東冬韻，聊復合之。

其四

詞筆要能盡性靈，興來傾盡鴨頭春。竹林耆舊山河邈，歇腳風流孰與倫。

羅尚《雲在盦詩稿》題辭三首

其一

雲在知君不競心，移床避漏遇纏霖。道山高塚歸師友，學海浮華變古今。棋子滿盤皆錯著，春波南浦是餘音。青林片碣神呵護，風雨時時龍一吟。

其二

得法曹溪半勺同，印心無象有深功。律詩創格傳家學，一劍當關角六雄。

其三

沈雄感慨出沈思，律中神融更不疑。了了寸心千古事，一庵雲在意俱遲。

黃坤堯《雲在盦詩稿》題辭

詩酒論交二十年，漫從平淡感纏綿。遼東欲雪川原淨，臺北安時花鳥妍。綽約鐵砧雲在意，崢嶸劍井氣森天。兒曹事了非無事，文墨多方神理圓。

四、識語

一九九一年

尤信雄《雲在盦詩稿》識語

夫詩道之啟，其來久矣。三百篇肇始風雅，六義興焉，而勞人思婦，每多憂患之思。至奇文鬱起，楚騷抽緒；雖南北殊趣，而風騷千古足以並美。炎漢之興，以迄三唐，詩道大昌，諸家騰踊，踵武繼軌，蔚為大國。浸淫至於宋世，振五季之弊，而詩道中興。洎乎明清，宗唐祖宋，各擅其勝，而風雅猶存。清季之衰，斯文東漸，三臺俊彥，率多能詩。雖自抱孤芳，未能馳騁中原，而聲華漸盛。若邱仙根、林痴仙、林幼春、林小眉、連雅堂、莊太岳、施澐舫、許南英、洪月樵、胡南溟、謝頌臣等諸賢，並世清才，或為忠義慷慨之士，抱苞桑之痛，騁風雅之思，而能嶄然特出，聲光日懋。其後代有吟人，流風所被，至今未沬也。若吾摯友大甲沈伯時，誠性情中人，亦今之臺彥也。才性清高，亭亭擢秀，於儕輩中最為好學。始治左氏，後肆力於詩，及雨盦師之門，淵源蘊藉，蓋非一日之功。伯時學殖既豐，乃擁皐比於上庠，談詩論學，諸生霑溉頗多。雖餘事為詩，而感時稱物，詞筆高華，自成馨逸。頃者，伯時輯其篋稿，命曰雲在盦詩稿，將付剞劂，索余為序。感於世方蔑棄舊文，詩道蓁蕪；每思先哲詩教，寧不痛心。而伯時遠紹風雅，勇於為詩，宏揚夫子之教，尤足鼓舞後生小子也。爰書所懷，匪敢為序也。民國八十年歲次辛未同學弟西堂尤信雄謹識。

五、記

一九九一年

沈秋雄《雲在盦詩稿》後記

夫鳥以鳴春，蟲以鳴秋，人情感於哀樂，豈能默爾而息，不有所鳴。三代以下，詩人踵接，吟詠靡廢，蓋亦以此故。僕不文，烏敢自廁身於詩人之列，然而天地邈矣，日月逝矣，陰陽浩浩，僕俯仰其間，亦不能無所感動。徒倚春芳，悲徂暉之不繫；沈吟樽酒，悟往境之已非。痛深山陽之笛，歡接永和之年。跡滿三韓，臨漢濱以濯足；情餘九牧，登金頂而振衣。師友纏綿，傷彼雲水；江山清曠，豁我胸眸。或物來感心，或神往赴物，往往有不能自已者。哀樂所發，遂稍事五七言古近體之作，計在宣導苦悶，不復較其辭之工拙也。歲月既積，篋稿漸多，略加刪汰，得三百餘首，彙為一編，聊付梓行。各詩編次，略依年代之先後。詩中或綴以注文，用備他日遺忘。昔龍坡丈人讀《清晝堂詩集》，有「詩家更見開新例，不用他人作鄭箋」之句，蓋亦不以作者自加注文為非也。其近來所作，注文加詳；早年所為，注文稍略，或不注，體例小有不齊，亦不復措意。心光足印，聊且存之而已。編輯既竣，承天成、茮原二師及西堂兄寵錫序文，暨雨龕師、戎龕詞丈及坤堯兄榮賜題辭。又蒙鵬程棣為作跋。無象老人舊有七言律一章見贈，亦以弁諸書首。師友嘉勉，乏副為愧；隆情厚誼，永誌弗諼。辛未冬日伯時沈秋雄謹記。

國家圖書館出版品預行編目資料

雲在盦詩集

沈秋雄著. – 初版. – 臺北市：臺灣學生，2019.03
面；公分

ISBN 978-957-15-1789-6 (平裝)

851.486　　107023344

雲在盦詩集

著 作 者　沈秋雄
主　　編　林佳蓉
編輯助理　蕭如耘、陳佩岐
出 版 者　臺灣學生書局有限公司
發 行 人　楊雲龍
發 行 所　臺灣學生書局有限公司
地　　址　臺北市和平東路一段 75 巷 11 號
劃撥帳號　00024668
電　　話　(02)23928185
傳　　眞　(02)23928105
E-mail　student.book@msa.hinet.net
網　　址　www.studentbook.com.tw
登記證字號　行政院新聞局局版北市業字第玖捌壹號
定　　價　新臺幣四〇〇元
出版日期　二〇一九年三月初版
ISBN　978-957-15-1789-6

85107

封面圖案：明代仇英「水仙蠟梅圖」(局部)，故宮博物院藏。